いちってね
つまりぼくがね
ぼくは　せかいで
いちなのさ
ひとりきり

いまから千年前
ここには誰がいたんだろう
いまから千年後
ここには誰がいるだろう

THE
CICERO BRIEFE
CICERO
II
IV

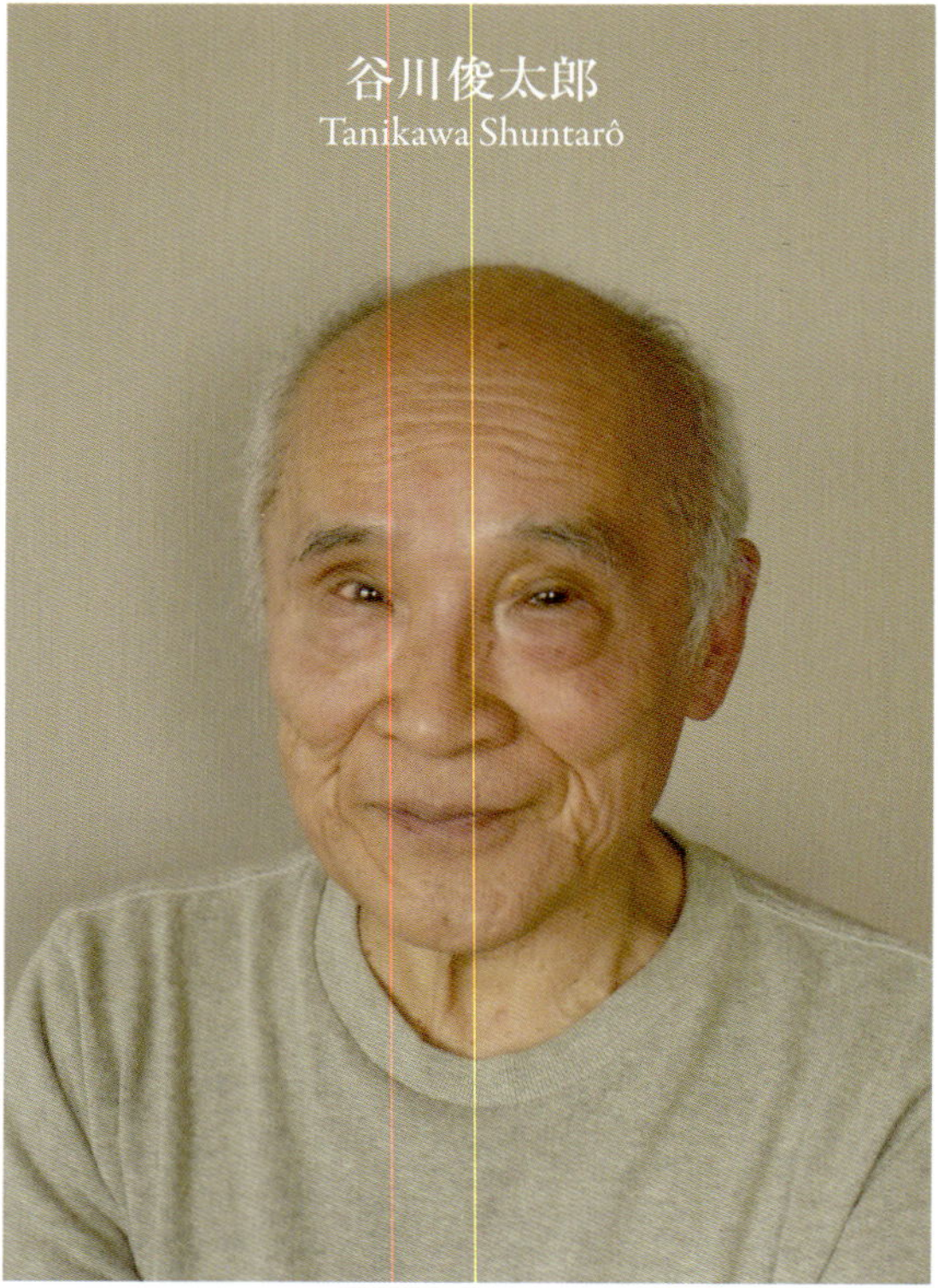
谷川俊太郎
Tanikawa Shuntarô

みんなの
谷川俊太郎詩集

ハルキ文庫

角川春樹事務所

みんなの谷川俊太郎詩集

目次

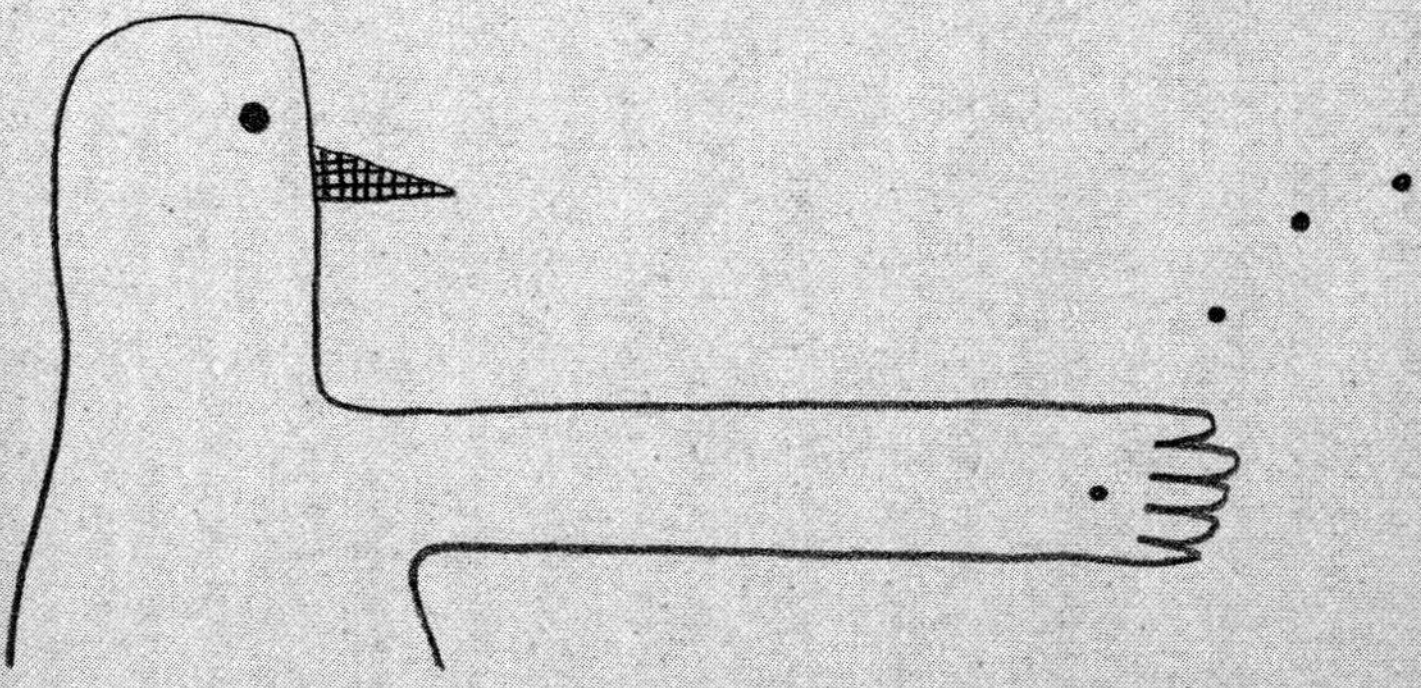

I

『十八歳』1993

『日本語のおけいこ』1965

Ⅳ

カバー・本文イラスト／谷山彩子

I

『十八歳』1993

日々

ぶらんことつみきの世界
いぬころとビスケットの世界
　明るい色にとけ合い
只《ただ》　幼かった

幼いということがどんなに尊いものか
それも解《わか》らずに
とびまわり　たわむれていた
隣にやはり幼い少女がいて

その少女の死を知ったときにも
遺《のこ》された玩具《がんぐ》のみ悲しく
死とは何かも知らずにいた

とんぼとりと幼稚園のクリスマス
小さい長靴とカルタ遊び
　思い出の中に明るくさえ――
只　幼かった

十八歳

ある夜
僕はまったくひとりだった

想い出をわすれ
本棚と雲に飽き
おさないいかりとかなしみと
僕はにがく味わった

雨のふる夜
僕はほんとにひとりだった

犬に

人のより
おまえの瞳《ひとみ》を僕は好きだ
ほんとにきれいな無邪気さが
僕の気持を甘えさせる

無限の純粋が
僕にとっては神に等しい
（犬の瞳に音楽のあふれ
泉の如《ごと》く音楽のあふれ）

人のより
犬の瞳を僕は好きだ

かなしみの時に
犬よ
おまえの瞳に
僕は哭《な》きたい

僕は創る

僕は創る　透明な白い仔犬を
洗い立ての僕の感覚《センス》のエプロンから
ピーターパンの若さをもち
宮澤賢治の詩だけを食べて
自動漂白性の毛皮をきた

透明な白い仔犬を僕は創る

かれらは僕のこころの投影で定義され
十代の幼稚な尻尾《しっぽ》と
十代のまじめな眼とをもっていて
しごく無邪気に吠《ほ》えたてる

すべての僕の仔犬達は
せめて半世紀を生きてほしいが
すべての僕の仔犬達が
創るあとから零になっても
僕は悲しく思わない

『日本語のおけいこ』 1965

日本語のおけいこ

アイウエオ
カキクケコ
だれかがどこかでならってる
サシスセソ
タチツテト
だれかがどこかで話してる
ナニヌネノ
ハヒフヘホ
だれかがどこかでわすれてる
マミムメモ

ヤイユエヨ
だれかがどこかで歌ってる
ラリルレロ
ワヰウヱヲ
だれかがどこかでどこかでだれかがどなってる
ン

いろはにほへとちりぬるをわか
よたれそつねならむうゐの
おくやまけふこえてあさき
ゆめみしゑひもせす
ん

アカサタナ
ハマヤラワ
だれかがどこかでわらってる
イキシチニ

ヒミイリヰ
だれかがどこかでないている
ウクスツヌ
フムユルウ
だれかがどこかでおこってる
エケセテネ
ヘメエレヱ
だれかがどこかでねむってる
オコソトノ
ホモヨロヲ
だれかがどこかで
どこかでだれかがあきれてる
ン

月火水木金土日のうた

げつようび　わらってる
げらげらげらげらわらってる
おつきさまは　きがへんだ
おつきさまは　きがへんだ

かようび　おこってる
かっかっかっかっかっかっかっかっかっかっおこってる
ひばちのすみは　おこりんぼ
ひばちのすみは　おこりんぼ

すいようび　およいでる
すいすいすいすいおよいでる
みずすましは　みずのうえ
みずすましは　みずのうえ

もくようび　もえている
もくもくもくもくもえている
かじだかじだ　やまかじだ
かじだかじだ　やまかじだ

きんようび　ひかってる
きらきらきらきらひかってる
おおばんこばん　つちのなか
おおばんこばん　つちのなか

どようび　ほっていく
どんどんどんどんほっていく
どこまでほっても　みつからない
どこまでほっても　みつからない

にちようび　あそんじゃう

にこにこにこあそんじゃう
おひさまといっしょ　パパといっしょ
おひさまといっしょ　パパといっしょ

ひとくいどじんのサムサム

ひとくいどじんのサムサム
おなかがすいてうちへかえる
かめのなかのかめのこをたべる
なくちたべたらもうおしまい
ひとくいどじんのサムサムとてもさむい
ひとくいどじんのサムサム
おなかがすいてとなりへゆく

ともだちのカムカムをたべる
ふたくちたべたらもうおしまい
ひとくいどじんのサムサムひとりぼっち

ひとくいどじんのサムサム
おなかがすいてしにそうだ
やせっぽちのじぶんをたべる
ひとくちたべたらもうおしまい
ひとくいどじんのサムサムいなくなった

まね

まねっこマネちゃんまねしてる
うでをひろげてとりのまね
やまのむこうはまたやまで
そのまたむこうはうみなんだ
うみのむこうのさばくでも
あおいめマネちゃんまねしてる

まねっこマネちゃんまねしてる
かたなをさしておとのさま
きのうのきのうはおとといで
おとといのきのうはさきおととい
むかしむかしのしろのなか
ちょんまげマネちゃんまねしてた

まねっこマネちゃんまねしてる
４３２１ロケットだ
あしたのあしたはあさってで
そのまたあしたはしあさって
せんねんさきのほしのうえ
しらないマネちゃんまねしてる

何故《なぜ》だかしらない

さびしいな
なぜだかしらない
さびしいな
だあれもいない校庭の
遠くで海が鳴っている

さびしいな
なぜだかしらない
さびしいな
まっかな夕陽が沈むとき
どこかでだれかがよんでいる

さびしいな
なぜだかしらない

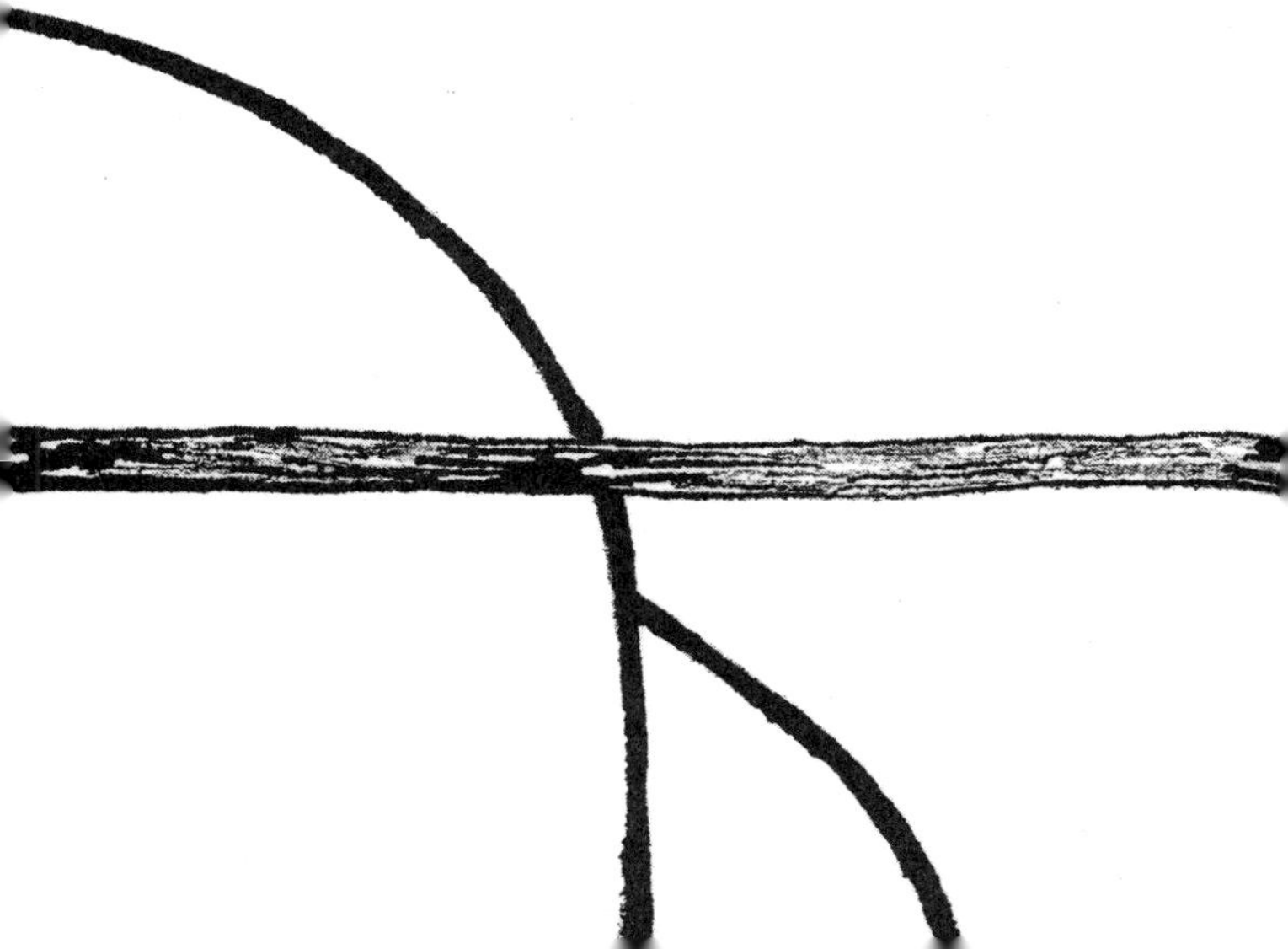

さびしいな
空にはきらきら天の河《あまがわ》
あのむこうにはだれもいない

さびしいな
なぜだかしらない
さびしいな
うなされてないた夢の中
きれいなひとも泣いていた

それからどうした

ドレミファそっちさ
ソファミレどっちさ
しらないくにのまちかどで
こいぬがいっぴきまよってた
ドレミファそうして
ソファミレどうした

ドレミファそこへ
ソファミレどろぼう
ピアノにのってにげてきた
あわててこいぬとびのった
ドレミファそれから
ソファミレどうした

ドレミファそらゆけ
ソファミレどんどん
ピアノはワルツうたってた
どろぼうひげをひねってた
ドレミファそんなら
ソファミレどこゆく

ドレミファそっちへ
ソファミレどっちへ
ひだりとみぎのまんなかへ
こいぬ座めざしてまっしぐら
ドレミファそらには
ソファミレドラムがなりわたる

こもりうた

おやすみ三つの子
おやつののこりはゆめのなかで
もりのおおかみのあかちゃんにあげましょう
ねんねんねむのきおがわのほとり

おやすみ四つの子
こわれたふねはいまごろそらで
らっぱのいびきをかきながらねむってる
ねんねんねむのきねまどいするな

おやすみ五つの子
こいのぼりのこはよるになると
ねむりのすなをまちじゅうにまきちらす
ねんねんねむのきまぶたをとじて

おやすみ六つの子
すもうのつづきはあしたのあさ
となりのまりちゃんぎょうじでとりなおし
ねんねんねむのきさばくにきえた

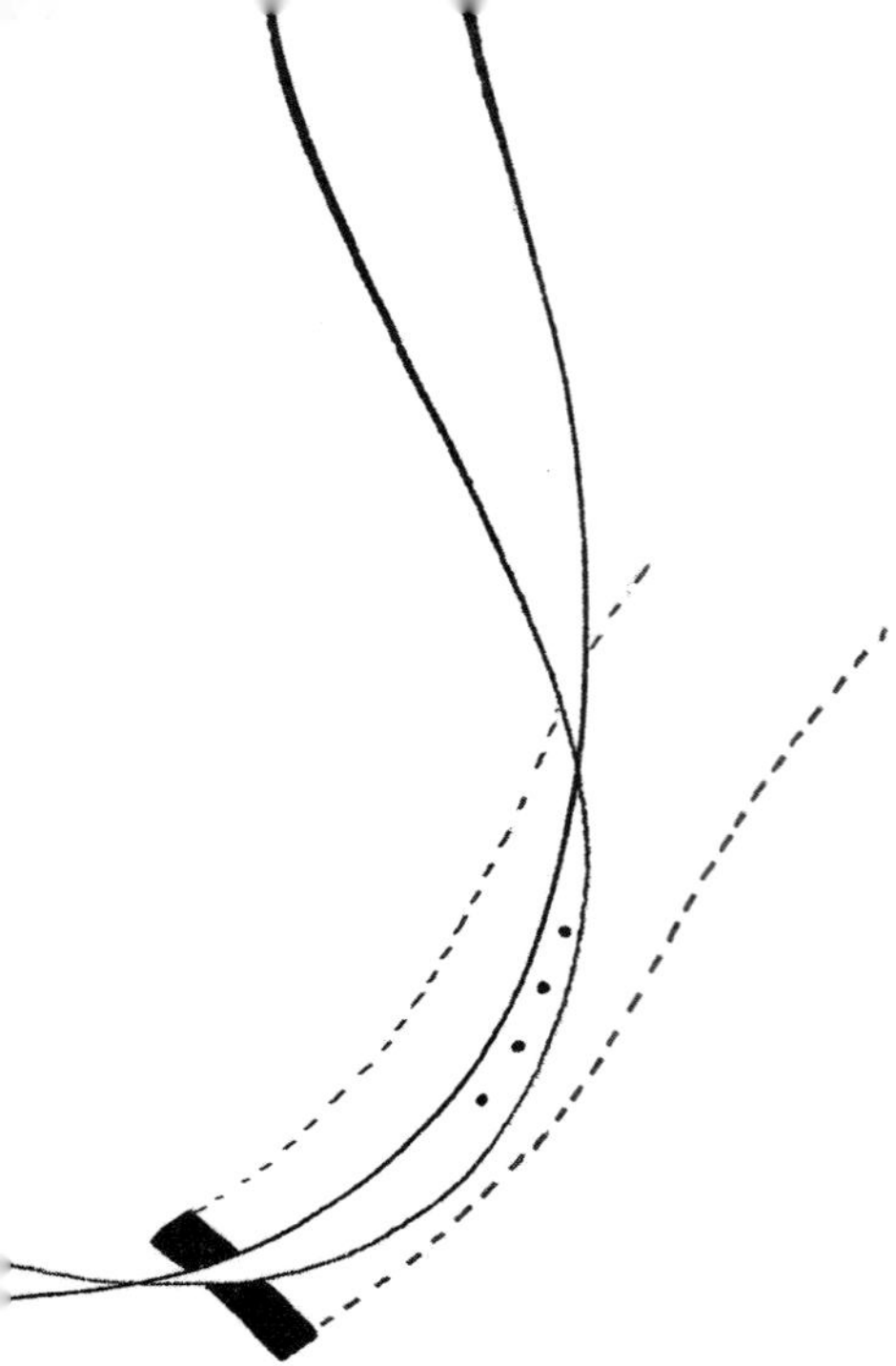

チビのハクボク

チビのハクボク　白いロケット
黒板の宇宙へ　出発する
　トライ　トレイ　ライ　ライ

チビのハクボク　時速六キロ
掛算の星へ　まっしぐら
　トライ　トレイ　ライ　ライ

チビのハクボク　航路まちがえ
へのへのもへじを　かいてしまう
　トライ　トレイ　ライ　ライ

へのへのもへじは　空とぶ円盤
黒板の宇宙の　海賊船

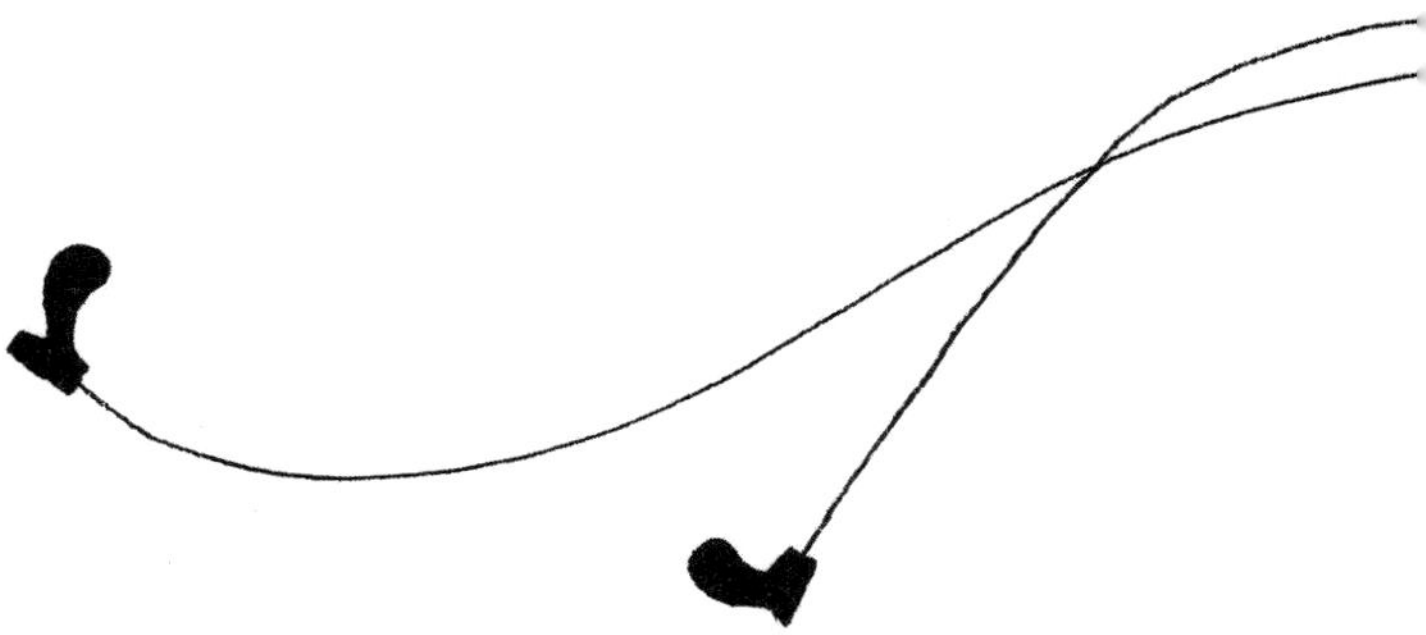

　　　　トライ　トレイ　ライ　ライ

へのへのもへじは　ひげをひねって
掛算の星を　やっつける
　　　　トライ　トレイ　ライ　ライ

へのへのもへじと　チビのハクボク
地球のまわりで　かくれんぼ
　　　　トライ　トレイ　ライ　ライ

月の頭の　国語の先生
けしてしまった　なにもかも
　　　　トライ　トレイ　ライ　ライ

国語の星が　地平にのぼり
小鳥のきらいな　夜がきた
　　　　トライ　トレイ　ライ　ライ

もしぼくが

もしぼくが　神さまみたい
もしぼくが　のっぽだったら
いち　にの　さんで　はしりたかとび
となりの　火星へいってみる
火星にいっぱい　草をうえて
牛をたくさん　つれてって
そいでさ　そいでさ　そいでさ
ミルクの水道　つくるのさ

もしぼくが　神さまみたい
もしぼくが　ちからもちなら
いち　にの　さんで　なげなわなげて
土星のわっかを　ひっかける
土星をこっちに　ひっぱりよせて

チョコレートを　いっぱいかけて
そいでさ　そいでさ　そいでさ
アイスクリームにしちゃうのさ

もしぼくが　神さまみたい
もしぼくが　えらくなくても
いち　にの　さんで　勉強してさ
いつかは月まで　いってくる
月におっきな　かがみをつけて
地球の顔を　いつもうつして
そいでさ　そいでさ　そいでさ
おこった　顔はやめるのさ

宇宙船ペペペペランと　弱虫ロン

ペペペペランは宇宙船
むらさきいろのあかつきに
アンドロメダへとびたった
のりくむ子ども二十七人
たちまちに地球は
雲のかなた

ペペペペランは宇宙船
くる日くる年とびつづけ
いつか子どもは年をとり
次から次へ結婚式だ
なつかしい地球は
星のかなた

一人のこったひとりもの
ひとりぼっちの料理番
弱虫ロンはししっ鼻
そのときぶっかる大ほうき星
ふるさとの地球は
はるかかなた

胴体にあいた大穴を
なおす勇気はだれのもの
弱虫ロンはベソをかき
かなづち片手みごとになおす
なつかしい地球は
星のかなた

ペペペペランは宇宙船
だいじな時間むだにできぬ
弱虫ロンをおきざりに

ゆくえもしらずまっしぐら
ふるさとの地球ははるかかなた
はるかかなた

ペペペペランは宇宙船
ギラギラ光る星の中
弱虫ロンは気がふれた
星のあいだをただよって
大きな声で歌をうたう
なつかしい地球は
星のかなた

冬の思い出

しろいしろいふゆが
おおきなてのひらで
あたしをめかくしする
どうして　どうして
いなくなるのはだいすきなものばかり

さきおととしのゆきだるま
かわいいこいぬつれていた
あおいビーダマのひとみで
ゆきがっせんをながめてた
ピップピップタンタン
ピップピップタン

あるひとつぜんいなくなった

ふるいほうきのしっぽのこして
おとしあったおとこのこ
おおきなたこをあげていた
ちゃいろのかみのけもさもさで
いつもくちぶえふいていた
ピップピップタンタン
ピップピップタン

あるひとつぜんいなくなった
なまえもうちもきかないうちに
きょねんもらったうたのほん
かいぞくせんのさしえつき
いつまでたってもおわらない
ヘンチクリンなうただった
ピップピップタンタン

ピップピップタン

あるひとつぜんみえなくなった

のこっているのはうたのふしだけ

いない？

いないってさ
かみさまなんか
いないってさ
そんならだれが
そんならだれが
ひとでのかたちつくったの？

いないってさ
かみさまなんか
いないってさ
そんならだれが
そんならだれが
ちょうちょのはねをぬりわけた？

いないってさ
かみさまなんか
いないってさ
そんならだれが
そんならだれが
わたしのこいぬ死なせたの？

いないってさ
かみさまなんか
いないってさ
そんならだれが
そんならだれが
はじめに海をみたしたの？

川

かあちゃん
かわはどうしてわらっているの
たいようがかわをくすぐるからよ

かあちゃん
かわはどうしてうたっているの
ひばりがかわのこえをほめたから

かあちゃん
かわはどうしてつめたいの
いつかゆきにあいされたおもいでに

かあちゃん
かわはいくつになったの

いつまでもわかいはるとおないどし

かあちゃん
かわはどうしてやすまないの
それはね　うみのかあさんが
かわのかえりをまっているのよ

『誰もしらない』 1976

晴れた日は

晴れた日は空を見よう
太郎も花子もジョンもマリーも
みんなおんなじ空を知ってる
青い青い心のふるさと
空はみんなをだいている

雨の日は雨にぬれよう
ばらもれんげもかしもやなぎも
みんなおんなじ雨を知ってる

やさしいやさしいいのちの涙
雨はみんなにくちづける

風の日は風を聞こう
つばめもとんぼもありもかえるも
みんなおんなじ風を知ってる
楽しい楽しい世界のささやき
風はみんなに話してる

こわれたすいどう

こわれたすいどう
ピッタン　テトン　テッタン　ピン
いくらしめてもとまらない
よるになっても
ピッタン　テトン　テッタン　ピン

こわれたすいどう
ピッタン　テトン　テッタン　ピン
だあれもいない　おふろばで
あさになっても
ピッタン　テトン　テッタン　ピン

誰もしらない

お星さまひとつ　プッチンともいで
こんがりやいて　いそいでたべて
おなかこわした　オコソトノ　ホ
誰もしらない　ここだけのはなし

とうちゃんのぼうし　空飛ぶ円盤
みかづきめがけ　空へなげたら
かえってこない　エケセテネ　ヘ
誰もしらない　ここだけのはなし

としよりのみみず　やつでの下で
すうじのおどり　そっとしゅくだい

おしえてくれた　ウクスツヌ　フ
誰もしらない　ここだけのはなし

でたらめのことば　ひとりごといって
うしろをみたら　ひとくい土人
わらって立ってた　イキシチニ　ヒ
誰もしらない　ここだけのはなし

おおきなけやきのき

はらっぱのまんなかに
たっているいっぽんのけやき
てっぺんまでのぼれば
にじのねもとがみえるかな

はらっぱのまんなかに
たっているいっぽんのけやき
かぜがふくとはなしする
かいぞくせんのはなしかな

はらっぱのまんなかに
たっているいっぽんのけやき

もしかするとねもとに
ひみつのたからがうまってる

はらっぱのまんなかに
たっているいっぽんのけやき
よるになるとまるで
かみさまみたいにこわいんだ

ハヒフペポ

あめがしとしとふっている
ハヒフとペポがあるいてく
ハヒフはおおきなかささして
ペポはちいさなかささして
ハヒフペポ　ハヒフペポ
もうすぐふゆがやってくる

のはらにしろいかぜがふき
ハヒフとペポはけんかした
ハヒフはそらをながめてる
ペポはらっぱをふいている
ハヒフペポ　ハヒフペポ
もうすぐゆきがふるだろう

だれかしらないひとがきて
むりやりペポをつれてった
ハヒフはペポのなをよんだ
ペポはハヒフのなをよんだ
ハヒフペポ　ハヒフペポ
もうじきうみもこおるだろう

いち

いちってね
つまりぼくがね　いちなのさ
ぼくは　せかいで　ひとりきり

いちってね
つまりママがね　いちなのさ
ママは　せかいで　ひとりきり

いちってね
つまりきみもね　いちなのさ
ぼくと　きみとで　2になるよ

いちってね
だけどちきゅうは　ひとつなの
ぼくと　きみとは　てをつなぐ

いちってね
だからはじめの　かずなのさ
ちいさいようで　おおきいな

青空のすみっこ

青空のすみっこで
ひとひらの雲が湧《わ》いた
とどきそうで　とどかない
青空のすみっこに
ひとひらの雲が消えた

青空のすみっこを
一羽の小鳥が飛んだ
つかめそうで　つかめない
青空のすみっこに
一羽の小鳥が消えた

『どきん』 1983

いしっころ

いしっころ　いしっころ
じめんのうえの　いしっころ
いつからそこに　いるんだい

いしっころ　いしっころ
ひとにふまれた　いしっころ
ちょっとおこって　いるみたい

いしっころ　いしっころ
あめにうたれて　いしっころ

いつもとちがう　あおいいろ

いしっころ　いしっころ
おなかのしたは　あったかい
むしのあかちゃん　うまれてる

いしっころ　いしっころ
そらをみあげる　いしっころ
なまえをつけて　あげようか

うんこ

ごきぶりの　うんこは　ちいさい
ぞうの　うんこは　おおきい

うんこというものは
いろいろな　かたちをしている

いしのような　うんこ
わらのような　うんこ

うんこというものは
いろいろな　いろをしている

うんこというものは
くさや　きを　そだてる

うんこというものを
たべるむしも　いる

どんなうつくしいひとの
うんこも　くさい

どんなえらいひとも
うんこを　する

うんこよ　きょうも
げんきに　でてこい

どこまでとどく

うみにむかって　おしっこしたら
ぼくのおしっこ　どこまでとどく
みなみのしままでたびするとちゅう
おひさまに　てらされてくもになる

すいへいせんのむこうのむこう
どこかのくにのふねのうえ
すごくおおきなそうがんきょうで
せんちょうさんがそのくもみてる

うみ

なみはなみをはこぶ
とうだいのしたのいわまで
どどどどーん　きゅるきゅる
なみはなみをなげだす

なみはなみをさらう
すなのおしろをみちづれに
ざわわわーん　しむしむ
なみはなみをつれてゆく

なみがなみをうたう
ぼくのあしもとで
たぷんとぷん　ひたひた
なみはなみのゆりかご

いけ

どんぐりひとつ
いけにおちた
とぷん
なみのわがひろがる

うおつりのうきが
いけでゆれる
ぷかぷか
ありがのってる

あめんぼごひき
いけをすべる
すいすい
わすれものかな

おひさまのひかり
いけにさわる
きらきら
とってもやさしい

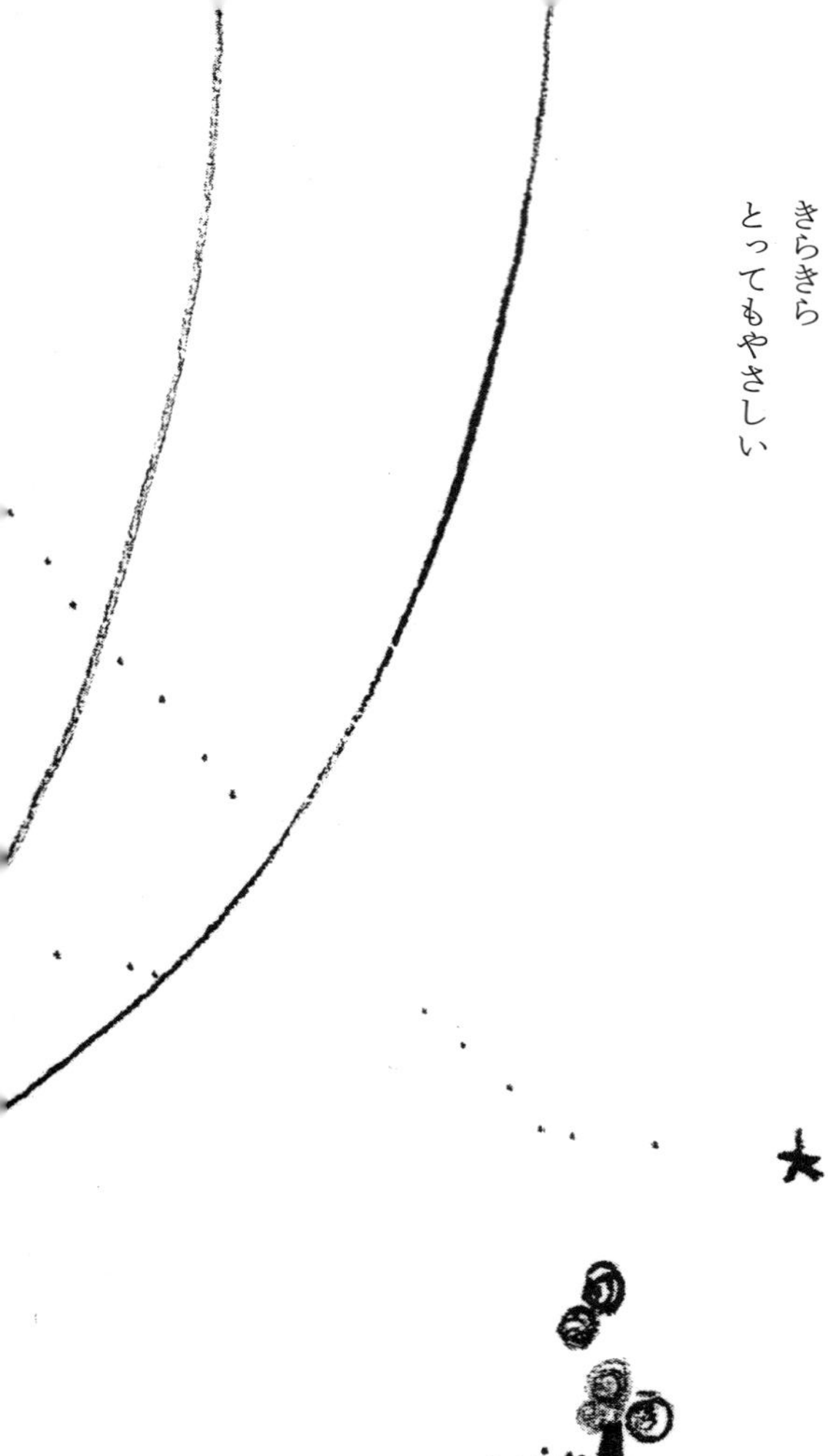

みち 1

みちのはじまりは
くさのなかです
みちのはじまりは
ちいさなけもののあしあとです

つりがねそうのくきがおれて
ふまれて
ゆうだちにうたれて
またくものあいだから
おひさまがかおをだします

みちのはじまりは
あしおともなく
しんとしています

みち　4

まよわずに
ひとすじに
とりたちはとおいくにへと
とんでゆきます

そらにも
めにみえぬみちがあるのでしょうか
そのみちをてらすのは
かすかなほしのひかりだけなのに

いそがずに
おそれずに
ちずもなくとりたちは
かなたへととおざかる

みち　6

みちのおわったところでふりかえれば
みちはそこからはじまっています
ゆきついたそのせなかが
かえりみちをせおっている

でももどりたくない
もっとさきへ
あのやまをこえてゆきたい
たとえまいごになっても

まぼろしのように
うみなりがきこえます
もういっぽまえへでれば

そこはきりぎしのうえなのでしょうか

みち　7

ちいさなはしをわたって
ちいさなほこらのまえをすぎ
みちはむらにはいります

かぜがやぶれしょうじをならしている
にわさきのさびついたくわ
のきばのかわききったもろこしのたば
ここにはもうだれもいません

こどもらががっこうへと

まいあさあるいたくだりざか
あさごとのそのこころのはずみ…
けれどそのみちはほそくまがりくねって
いまはおもいでにしかつうじていない

みち 8

ひとばんのうちに
すべてのみちがきえてしまった！
おおきなみちもちいさなみちも
まっしろなゆきのしたに
みぎもないひだりもない

まえもなくうしろもない
どんなみちしるべもちずもない
どこまでもひろがるしろいせかい

どこへでもゆけるそのまぶしさに
こころはかえってたちすくむ
おおぞらへつづくひとすじのあしあとを
めをつむりゆめみながら

みち　10

ちずにのっていない
ちいさなじゅうじろ

ひだりにまがればえきにでます
みぎにまがるとそのさきは
もっとちいさなろじにまぎれて

ただいま…とひとはかえる
いってきます…とひとはたびだつ
きづかずにすれちがい
おもいがけずであって

ちいさなじゅうじろに
ちいさなつむじかぜ

みち　12

みちのおわりは
ほりかえされたつちのなかです
ここからはもうくつをよごして
じぶんであるくしかないようです

だれがすてていったのか
あしもとにさびたあきかん
だがあしあとはかぜでけされ
たいようはぶあついくものなか

うたを
うたおう
うたにあわせて
あるきはじめよう

海の駅

ぼくはもう飽きたのに
ぼくはもう要《い》らなくなったのに
ぼくはもう遊ばないのに

玩具《おもちゃ》の機関車がぼくを追いかけてくる

もう子どもじゃないんだ
もう違う夢を見るんだ
もうひとりきりになりたいんだ

それなのにまだ間ぬけな汽笛を鳴らして
水平線にまで線路は続いているかのように

捨てちまうよ

海の中に投げこむよ！
——どうしてかそれはできない

ふゆの　ゆうぐれ

そらが　くもの
すぇたーを　きてる
いけは　こおりの
めがねを　かける
おかあさん
はやく　かえってきて
ぽぽーい　ぽい
やまも　ゆきの
けがわを　きるよ

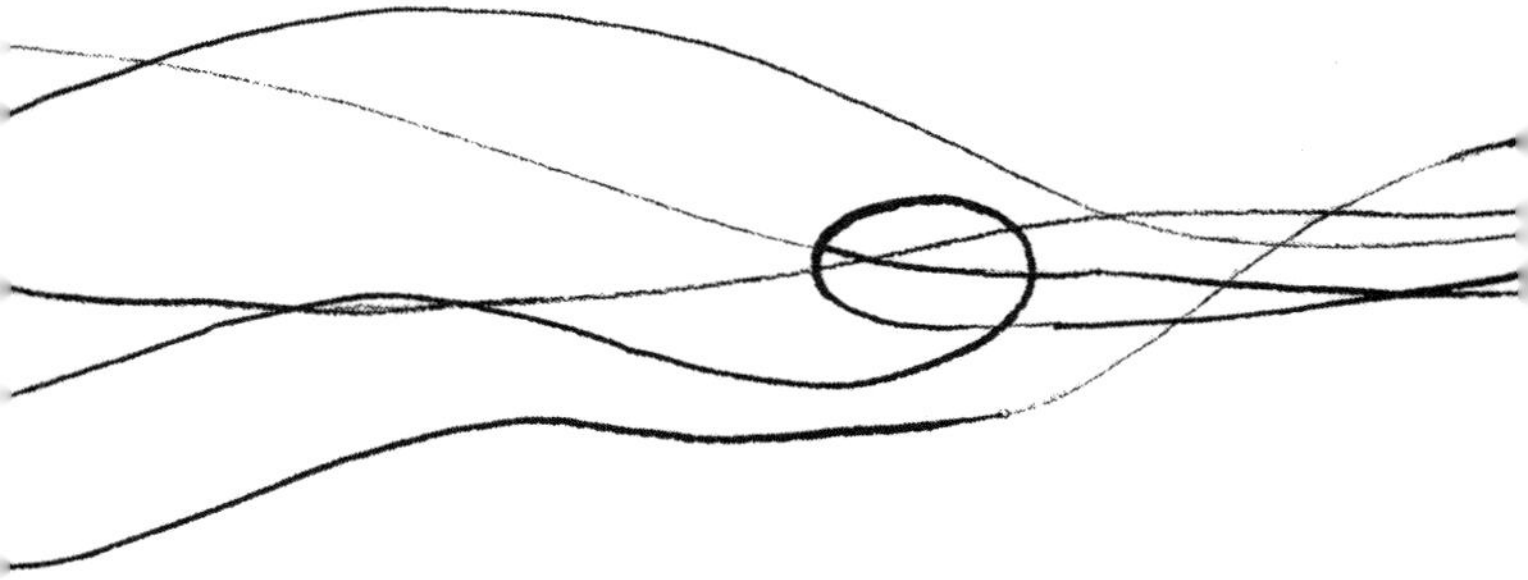

おかあさん

ぼくみえる
ひとしずくのみずのきらめき
ぼくきこえる
ひとしずくのみずのしたたり
ぼくさわれる
ひとしずくのみずのつめたさ

おかあさん
ぼくよべる
おかあさーんって

おかあさん
どこへいってしまったの？
ぼくをのこして

サッカーによせて

けっとばされてきたものは
けり返せばいいのだ

ける一瞬に
きみが自分にたしかめるもの
ける一瞬に
きみが誰かにゆだねるもの
それはすでに言葉ではない

泥にまみれろ
汗にまみれろ
そこにしか
憎しみが愛へと変わる奇跡はない
一瞬が歴史へとつながる奇跡はない

からだがからだとぶつかりあい
大地が空とまざりあう
そこでしか
ほんとの心は育たない

希望はいつも
泥まみれなものだ
希望はいつも
汗まみれなものだ
そのはずむ力を失わぬために

けっとばされてきたものは
力いっぱいけり返せ

ぼくは言う

大げさなことは言いたくない
ぼくはただ水はすき透っていて冷いと言う
のどがかわいた時に水を飲むことは
人間のいちばんの幸せのひとつだ

確信をもって言えることは多くない
ぼくはただ空気はおいしくていい匂いだと言う
生きていて息をするだけで
人間はほほえみたくなるものだ

あたり前なことは何度でも言っていい
ぼくはただ鯨は大きくてすばらしいと言う
鯨の歌うのを聞いたことがあるかい
何故か人間であることが恥ずかしくなる

そして人間についてはどう言えばいいのか
朝の道を子どもたちが駈《か》けてゆく
ぼくはただ黙っている
ほとんどひとつの傷のように
その姿を心に刻みつけるために

春に

この気もちはなんだろう
目に見えないエネルギーの流れが
大地からあしのうらを伝わって
ぼくの腹へ胸へそうしてのどへ
声にならないさけびとなってこみあげる
この気もちはなんだろう
枝の先のふくらんだ新芽が心をつつく
よろこびだ　しかしかなしみでもある
いらだちだ　しかもやすらぎがある
あこがれだ　そしていかりがかくれている
心のダムにせきとめられ
よどみ渦まきせめぎあい
いまあふれようとする
この気もちはなんだろう

あの空のあの青に手をひたしたい
まだ会ったことのないすべての人と
会ってみたい話してみたい
あしたとあさってが一度にくるといい
ぼくはもどかしい
地平線のかなたへと歩きつづけたい
そのくせこの草の上でじっとしていたい
大声でだれかを呼びたい
そのくせひとりで黙っていたい
この気もちはなんだろう

あいうえおうた

あいうえおきろ
おえういあさだ
おおきなあくび
あいうえお

かきくけこがに
こけくきかめに
けっとばされた
かきくけこ

さしすせそっと
そせすしさるが
せんべいぬすむ
さしすせそ

たちつてとかげ
とてつちたんぼ
ちょろりとにげた
たちつてと

なにぬねのうし
のねぬになけば
ねばねばよだれ
なにぬねの

はひふへほたる
ほへふひはるか
ひかるよやみに
はひふへほ

まみむめもりの

もめむみまむし
まいてるとぐろ
まみむめも

やいゆえよるの
よえゆいやまめ
ゆめみてねむる
やいゆえよ

らりるれろばが
ろれるりらっぱ
りきんでふけば
らりるれろ

わいうえおこぜ
おえういわらう
いたいぞとげが

わいうえお
ん

どきん

さわってみようかなあ　つるつる
おしてみようかなあ　ゆらゆら
もすこしおそうかなあ　ぐらぐら
もいちどおそうかあ　がらがら

たおれちゃったよなあ　えへへ
いんりょくかんじるねえ　みしみし
ちきゅうはまわってるう　ぐいぐい
かぜもふいてるよお　そよそよ
あるきはじめるかあ　ひたひた
だれかがふりむいた！　どきん

Ⅱ

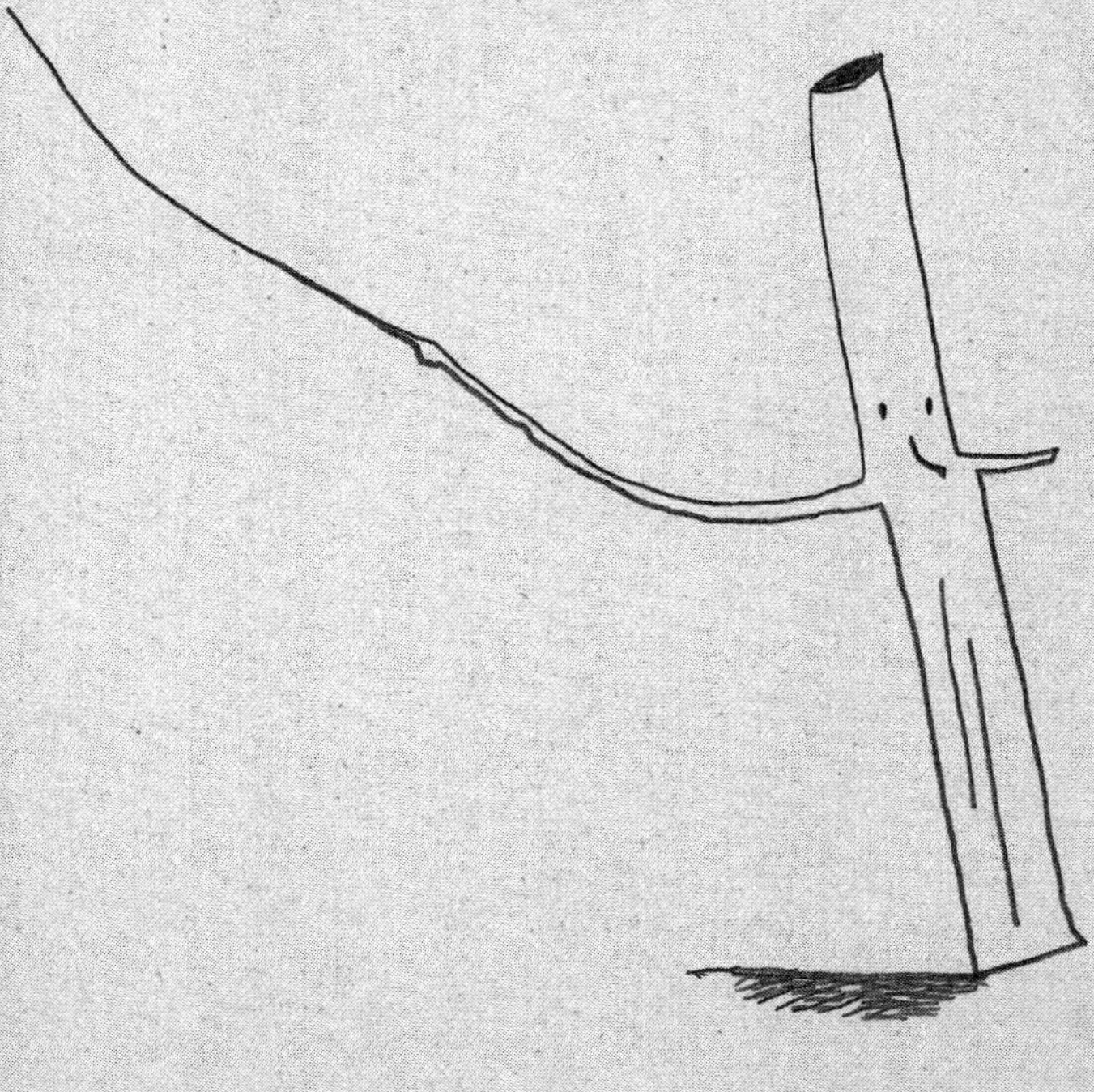

『ことばあそびうた』1973

ののはな

はなののののはな
はなのななあに
なずなのはな
なもないのばな

やんま

やんまにがした
ぐんまのとんま
さんまをやいて
あんまとたべた

まんまとにげた
ぐんまのやんま
たんまもいわず
あさまのかなた

かっぱ

かっぱかっぱらった
かっぱらっぱかっぱらった
とってちってた

かっぱなっぱかった
かっぱなっぱいっぱかった
かってきってくった

いるか

いるかいるか
いないかいるか
いないいないいるか
いつならいるか
よるならいるか
またきてみるか

いるかいないか
いないかいるか
いるいるいるか
いっぱいいるか
ねているいるか
ゆめみているか

さる

さるさらう
さるさらさらう
さるざるさらう
さるささらさらう
さるさらささらう
さらざるささらさらささらって
さるさらりさる
さるさらば

ことこ

このこのこのこ
どこのここのこ
このこのこののこ
たけのこきれぬ

そのこのそのそ
そこのけそのこ
そのこのそのおの
きのこもきれぬ

十ぴきのねずみ

おうみのねずみ
くるみをつまみ

さがみのねずみ
さしみをこのみ

つるみのねずみ
ゆのみでゆあみ

ふしみのねずみ
めやみになやみ

あたみのねずみ
はなみでやすみ

あつみのねずみ
むいみなそねみ

きたみのねずみ
はさみをぬすみ

いたみのねずみ
かがみがかたみ

たじみのねずみ
とあみがたくみ

おおすみねずみ
ぶきみなふじみ

かぞえうた

ひとだまひとつ
ふたしてふたつ
みつめてみっつ
よつゆによっつ
いつまでいつつ
むっつりむっつ
なななのななつ
やつれてやっつ
ここにここのつ
とおくにとお
なむじゅういちめんかんぜおん
じゅうにしょごんげん

『ことばあそびうた　また』1981

かなかな

かたかなならった
いなかのかなかな
はやねかな
なかなかなかない

もなかもらった
やなかのかなかな
ひるねかな
なかなかなかない

さかなつれなかった
カナカのかなかな
ふてねかかな
なかなかなかない

たね

ねたね
うたたね
ゆめみたね
ひだね
きえたね
しゃくのたね

またね
あしたね
つきよだね
なたね
まいたね
めがでたね

このへん

このへんどのへん
ひゃくまんべん
たちしょんべんは
あきまへん

このへんどのへん
ミュンヘン
ぺんぺんぐさも
はえまへん

このへんなにへん
へんなへん
てんでよめへん
わからへん

『わらべうた』1981

けんかならこい

けんかならこい　はだかでこい
はだかでくるのが　こわいなら
てんぷらなべを　かぶってこい
ちんぽこじゃまなら　にぎってこい

けんかならこい　ひとりでこい
ひとりでくるのが　こわいなら
よめさんさんにん　つれてこい
のどがかわけば　さけのんでこい

けんかならこい　はしってこい
はしってくるのが　こわいなら
おんぼろろけっと　のってこい
きょうがだめなら　おとといこい

わるくちうた

とうさんだなんて　いばるなよ
ふろにはいれば　はだかじゃないか
ちんちんぶらぶら　してるじゃないか
ひゃくねんたったら　なにしてる？
かあさんだなんて　いばるなよ
こわいゆめみて　ないたじゃないか

こっそりうらない　たのむじゃないか
ひゃくねんまえには　どこにいた?

おならうた

いもくって　ぶ
くりくって　ぼ
すかして　へ
ごめんよ　ば

おふろで　ぽ
こっそり　す
あわてて　ぷ
ふたりで　ぴょ

かおあそびうた

あんがりめ　さんがりめ
ぐるりとまわって　さんまいめ
はなをつまんで　いらんじん
みみひっぱって　うちゅうじん

とんがりぐちは　ひょっとこで
ほっぺたぷうっと　とらふぐだ
おでこかくして　ごりらだぞ
つるりとなでたら　のっぺらぼう

こもりうた

ねんねんころころ
ねんころり
めんたまころがる
ゆめのさか
つるりとすべって
たにのそこ
みようとしてもみられない
つきにかがやく
しろいかお
あのこのすきなの
どこのこか

ねんねんころころ
ねんころり

めんたまころがる
ゆめのふち
ぽとんとおちて
みずのなか
みようとしてもみられない
きょねんなくした
おにんぎょう
あのこのすきなの
どこのこか

ねんねんころころ
ねんころり
めんたまころがる
ゆめのもり
ふわりととんで
えだのさき
みようとしてもみられない

ちずにのらない
とおいまち
あのこのすきなの
どこのこか

だんだんうた

だんだんいくつ　十三七つ
だんだんのぼれ
のぼればいつかの　あのこにあえる

だんだんいくつ　十三七つ
だんだんのぼれ
のぼればてんぐと　すれちがう

だんだんいくつ　十三七つ
だんだんのぼれ
のぼればうそが　ほんとになるぞ
だんだんいくつ　十三七つ
だんだんのぼれ
のぼればうみだ　みわたすかぎり

あきかんうた

かんからかんの
すっからかん
こーらのあきかん　けっとばせ

おひさま　かんかん
とんちんかん

かんからかんの
すっからかん
かんかんならせ　どらむかん
じかん　くうかん
ちんぷんかん

うんとこしょ

うんとこしょ　どっこいしょ
ぞうが　ありんこ
もちあげる

うんとこしょ　どっこいしょ
みずが　あめんぼ
もちあげる

うんとこしょ　どっこいしょ
くうきが　ふうせん
もちあげる

うんとこしょ　どっこいしょ
うたが　こころを
もちあげる

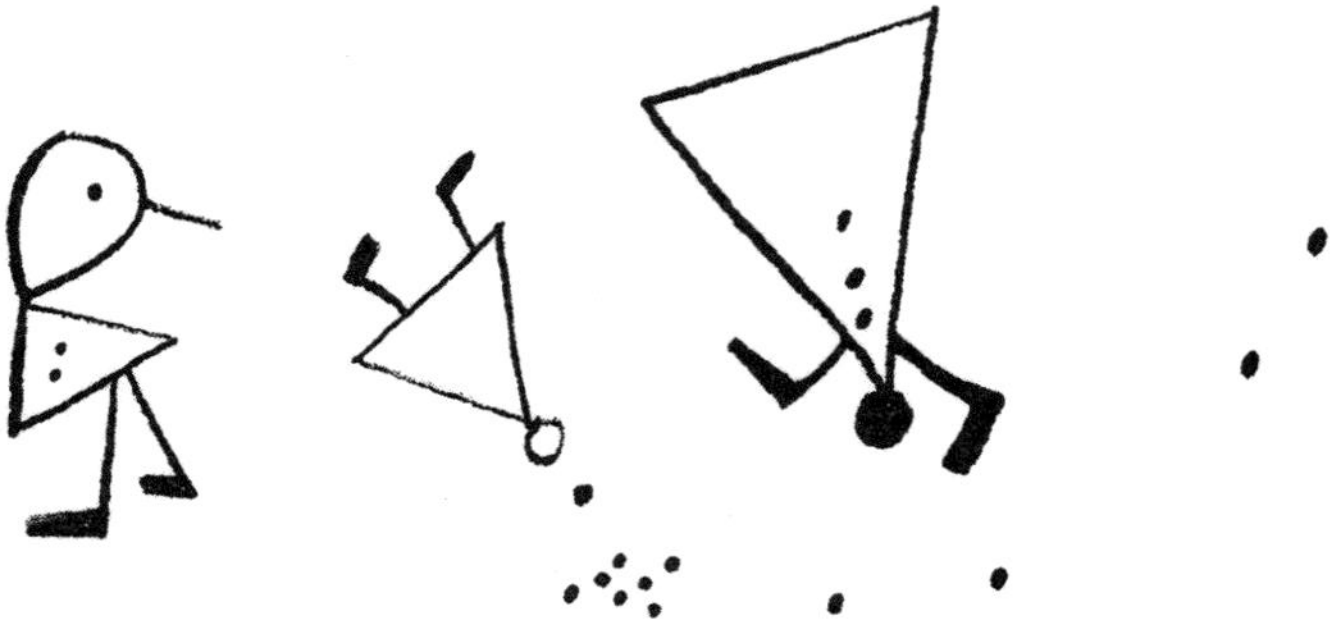

とっきつき

とっきっきの　ふくろから
とっぽっぽが　とびだした
とっぽっぽを　たたいたら
とっくっくが　こぼれでた
とっくっくの　かわむけば
とっぴっぴが　あらわれた
とっぴっぴを　わってみりゃ
とっせっせが　ねむってた
とっせっせの　ゆめのなか
とっけっけが　うごめいた

はじけろ　はじけろ　とっけっけ
かおだせ　てをだせ　わらいだせ

したもじり

なげなわのわもわなげのわもあわのわもわ
こがめもこがももこがもめもかごのなか
あめなめるまねなのねまめにるはめなのに
あせかくかごかきかきかくえかき

『わらべうた 続』 1982

すってんころりんうた

みちが　すべった
あしのしたで　すべった
すってんころりん
ちきゅうが　おびといた

まんだらうた

まんだらの　まんなかは
なんだろな
おひさまか　めがやける
うずまきか　めがまわる

まんだらの　はしっこは
なんだろな
おとついの　おにごっこ
かぜになる　きのこずえ

まんだらの　まんなかは
なんだろな
なにもない　あなぼこか
おちそうで　みがすくむ

まんだらの　はしっこは
なんだろな
つげぐちと　ごめんねと
おもいだす　うたのふし

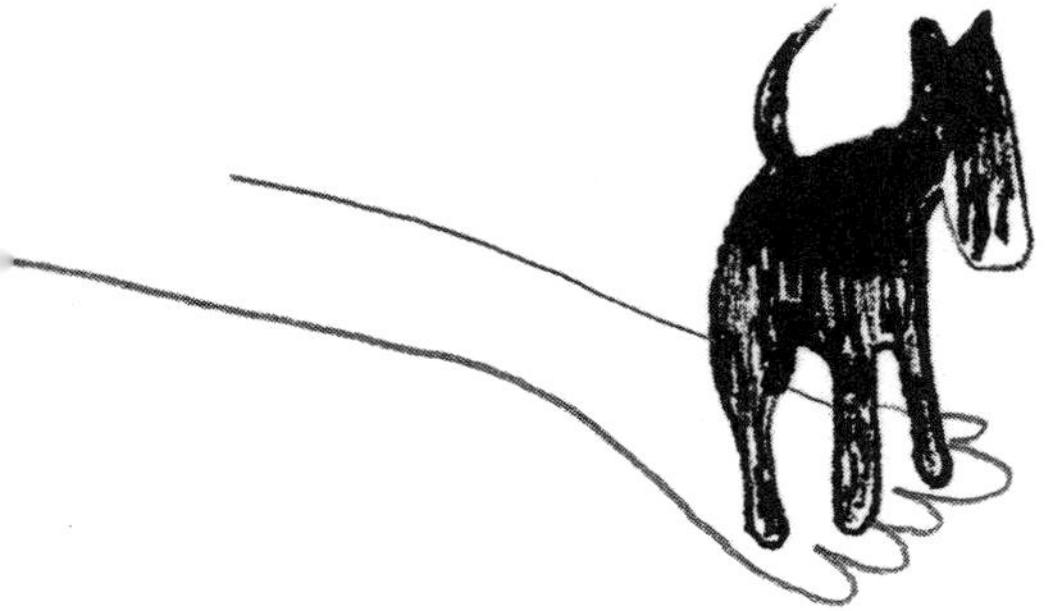

あいたあったあきた

あいたあいた　いたどがあいた
あいたあいた　あたまをうった
あったあった　おこたがあった
あったあった　あったかい
あきたあきた　あんたにあきた
あしたあした　またあした

Ⅲ

アニメ「鉄腕アトム」テーマ曲　1963

鉄腕アトム

空をこえて　ラララ
星のかなた
ゆくぞ　アトム
ジェットのかぎり
心やさしい　ラララ
科学の子
十万馬力だ　鉄腕アトム

耳をすませ　ラララ
目をみはれ

そうだ　アトム
ゆだんをするな
心ただしい　ラララ
科学の子
七つの偉力さ　鉄腕アトム

町かどに　ラララ
海のそこに
今日も　アトム
人間まもって
心はずむ　ラララ
科学の子
みんなの友だち　鉄腕アトム

『谷川俊太郎　歌の本』2006

風

風が吹いてくる
遠い香りはこんで
風が吹きぬける
ためらう心ゆらして
風はささやきかける
池の波紋の輪のように
心はひろがるもの
誰かにとどくまで

風が吹きよせる

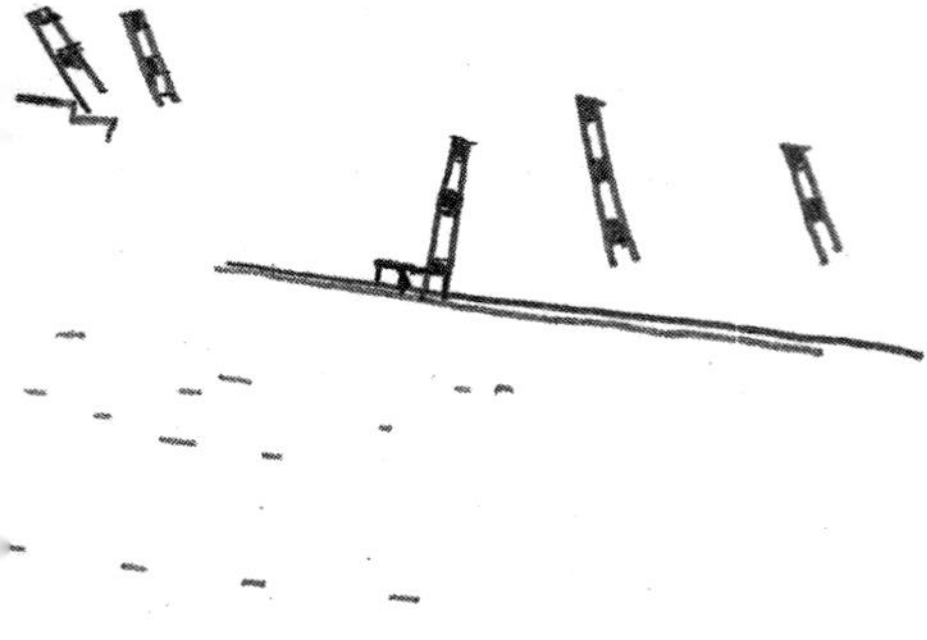

思い出のきれはしを
風に耳すます
過去から続くささやき
風はそっと押してくる
遠い誰かの手のように
明日へとふりむかせて
心を解きはなつ

生きとし生けるものはみな

雪にしるした足あとは
いのちのしるしけものみち
しるべもなしに踏み迷う
生きとし生けるものはみな

息をひそめて立ちつくす
闇へとつづくわかれみち
あしたを知らず夢を見る
生きとし生けるものはみな

夜のしじまに輝いて
はるかにめぐる星のみち
よりそいながらそむきあう
生きとし生けるものはみな

『ひとりひとりすっくと立って』 2008

ともだちあはは

ひとりでくすん
ふたりでごろん
さんにんよにん
ともだちあはは

くるくるぬって
ぺたぺたつける
いろいろきれい
できたよほらね

きらきらこのは
そよそよゆれる
たからはどこだ
あしたがくるよ

わかばのけやき

わかばのけやきはるのひは
つちがとってもいいにおい
みみずもかえるもともだちだ

みどりのけやきなつのひは
みずがきらきらかがやいて
まっしろノートがまぶしいな

きんいろけやきあきのひは
かぜがとおくへふいてゆく
みえないあしたがみえてくる

はだかのけやきふゆのひは
そらがほしまでつづいてる
うちゅうにむかってうたおうよ

きょうしつのまどのむこうに

きょうしつの　まどの　むこうに
わたしたちの　うちが　みえる
わたしたちの　うちを　のせて

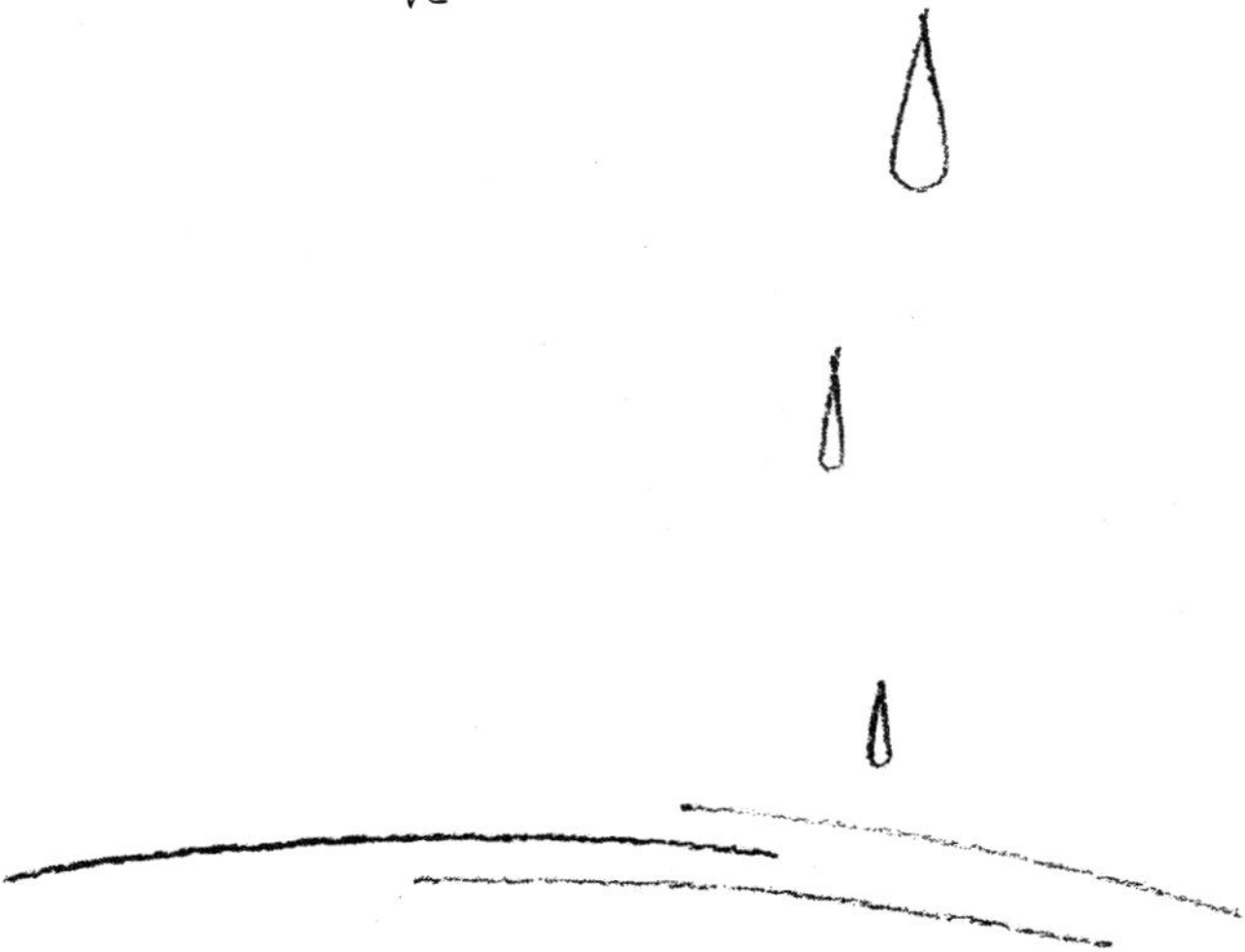

ゆうゆうと　ちきゅうは　まわる
めをみはり　おおきな　ゆめを　みよう

あたらしい　ほんを　ひらくと
わたしたちの　こころがみえる
わたしたちの　こころ　こえて
にんげんの　れきしが　つづく
みみをすまし　ひそかな　こえを　きこう

ともだちと　こえを　あわせて
わたしたちは　うたを　うたう
わたしたちの　うたをのせて
さわやかに　かぜは　わたる
てをのばし　みどりの　みらいを　つかめ

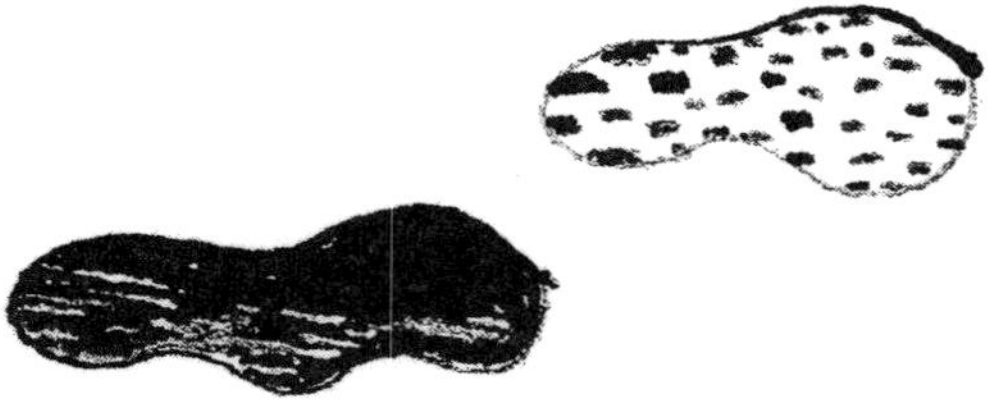

かんがえるのっておもしろい

かんがえるのって　おもしろい
どこかとおくへ　いくみたい
しらないけしきが　みえてきて
そらのあおさが　ふかくなる
このおかのうえ　このきょうしつは
みらいにむかって　とんでいる

なかよくするのって　ふしぎだね
けんかするのも　いいみたい
しらないきもちが　かくれてて
まえよりもっと　すきになる
このおかのうえ　このがっこうは
みんなのちからで　そだってく

ひとりひとりすっくと立って

ひとりひとりすっくと立って
ぼくとあなた　きみとわたし
ともにいのちの森に生きてる
根をふかく大地にはって
明日のみのりのために学ぼう

ひとりひとりちがう心の
ぼくとあなた　きみとわたし
ともに夢みる未来はひとつ
ひたむきに力あつめて
かけがえのない地球守ろう

勉強するのはいっしょでも

勉強するのはいっしょでも
考えるのはひとりの自分
わかる喜び　生きてるあかし
いっぽんいっぽん木は集まって
いのち育てる森になる
その森のひみつを学べ

友だちだって先生だ
はげましあって答をさがす
できる楽しさ　未来のあかし
いちにちいちにち日は重なって
思いがけない明日がくる
その明日の世界をつくれ

果てしない闇をつらぬき

果てしない闇をつらぬき
今日ここにとどく光は
風わたる木々にきらめき
ゆれやまぬ心を照らす
光よめぐれ宇宙をめぐれ

夢はらむ影をなげかけ
明日へとみちる光は
友だちの頬《ほお》にかがやき
せめぎあう心をうつす
光よむすべ世界をむすべ

心の泉

水はわき水はあふれて
たゆみなく大地うるおし
よみがえる緑はぐくむ
心また流れ渦巻き
ひたむきに明日へとむかう
ほとばしれ　心の泉

歌はわき歌はあふれて
山をこえ空にこだまし
せめぎあう世界をむすぶ
心なお光きらめき
ともどもに明日を夢見る
たたえよう　心の泉

昨日はもう過ぎ去って

昨日は　もう過ぎ去って
明日は　まだ来ない
今はいつだ
ここは　どこだ
みつめても　みつめても
青空は　解ききれぬ謎《なぞ》
けれど　小鳥は　はばたいて
幻の土地をめざす
人は　愛し
人は　憎む
歴史の証《あか》す怒りの日々にも
目を　みはり
耳を　すまし
この手で造る　かたちあるもの

あふれやまぬ魂の
今日の自由よ

Ⅳ

『よしなしうた』1985

かがやく　ものさし

それは　ものさしだった
みたこともない
おおきな　ものさしだった
みわたすかぎりの
くさはらに　たって
あきのひに　かがやきながら
いったいなにを　はかっていたのか

おもわず　ひざまずいた
わたしの　めから

なみだが　こぼれた
ああ　なぜ
ああ　どうして
わたしは　けしごむを
なくしてしまったのだろう

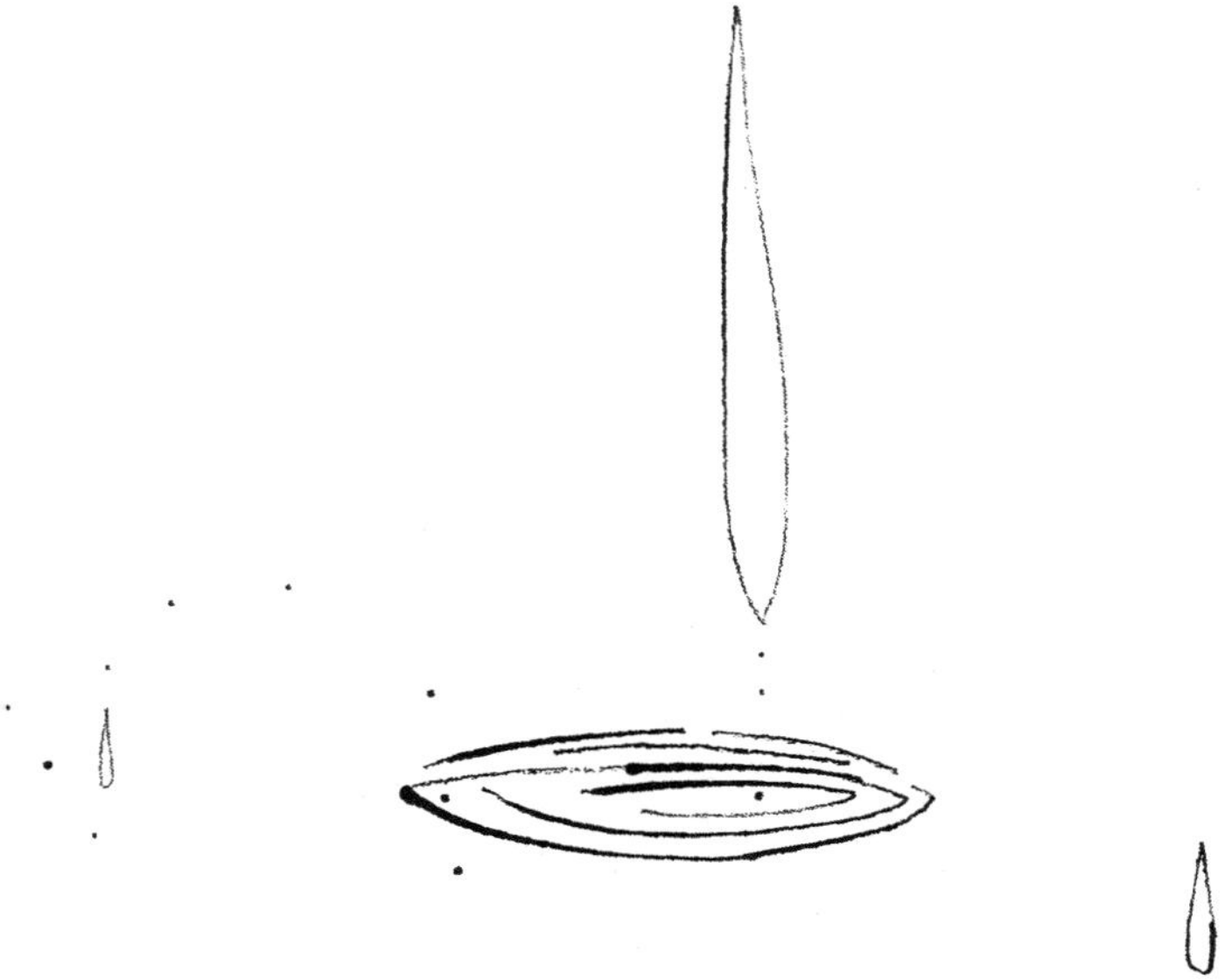

けいとの　たま

ぬくぬくと　ふとって
かるがると　たのしそうに
けいとの　たまが
よつかどを　まがる
ちずも　もたず
まほうびんも　なしで
あみぼうを　おきざりにして

ああ　はしをわたってしまった
けいさつしょも　とおりすぎた
けいとの　たまは
もうひとつ　かどを　まがる
さんねんまえには
きれいな　てぶくろだったのに

ちゃんとゆびも　そろってたのに

うみの　きりん

とおざかる　とおざかる
すいへいせんへと
およぐ　きりんが
とおざかる
なみのうえの　ほそいくび
ちょこんと　つきでた
にほんの　つの

おなかには
ふるさとの　きのめ

くさのは
ゆっくりと　はんすうし
はんすうし
とおざかる　とおざかる
うみの　きりんよ

たんぽぽのはなの　さくたびに

こどもは　しろいとびらをあける
とても　おそろしいことを
こころのなかで　かんがえるが
そのことは　だれにもいわない
こどもは　おちていたまりをひろう
うでのうぶげに　きりのしずくが

にぶく　ひかっている

いちどだけ　たったいちどだけ
それでいいんだと　こどもはおもう
だが　いちどだけですむものか
たんぽぽのはなの　さくたびに
こどもは　かわべりでゆめみる
ほんとうに　そのことをしたあとの
とりかえしのつかぬ　かなしみを

かわからきた　おさかな

おさかなが　かわからやってきた
どこをみてるのか　わからない
うつろな　めをして
おさかなは　おさらのうえによこたわる
なにかはなすことが　あるらしいが
もちろんくちは　きけない
とけいが　十じをうつ

くらいよるの　そらのしたを
おさかなのすんでたかわが　ながれている
いしと　いしのあいだで
かすかになまぐさく　みずはよどみ
それから　ちいさなおとをたてて
みずくさを　そよがせながら

うみへと　むかう

はがき

はがきはそのひ　いらいらしていた
じまんの　まっしろなからだに
いわゆるかなくぎりゅうの　もじを
びっしりと　かきこまれたからだ
おまけに　そのぶんめんには
かんたんふが　ななつもでてきた
じぶんでじぶんを　やぶりたくなる！

だが　はがきのいらいらなんて
なんとも　のんびりしたものである

ポストへのみちみち　はがきはみた
おんなのこが　とがったおしりをまるだしに
さくらのこかげで　おしっこしてるのを
うすぐらいポストのそこで　はがきは
いらいらしながら〈うひょひょ〉といった

かえる

かえるは　なにかいいふるされたことを
ほんきになって　いいたいとおもった
で　かえるは　けけことといったのだが
だれも　みみをかたむけなかった
おたまじゃくしだったころは
なにもいわなくて　よかった

だまって　あしがはえてくるのをまっていた

たまごだったころは　もっとらくだった
なまぬるいみずのなかで　ぷりんぷりんで
だがそのもっとまえは　どうだったのか
それはついこのあいだのことだったけれど
おおむかしのようでもある
もういちど　けけことといおうとして
かえるは　へびにのまれた

はこ

だれもなにも　いれてくれなかったので
はこはいつまでも　からっぽで
おまけにとても　しかくかったが
ひとことも　いいわけはしなかった
かわいたボールがみの　においが
じぶんでも　きにいっていた
それはでも　きょねんの六がつのこと

ことしにはいって　はこはかわった
こごえで　ベルディのアリアをうたい
あきかんたちに　あたりちらし
どうしても　なかになにかいれるんだ
たとえばにんじん　それがだめなら
てあしのもげた　にんぎょうでもいいと

なみだながらに　いいはるのだ

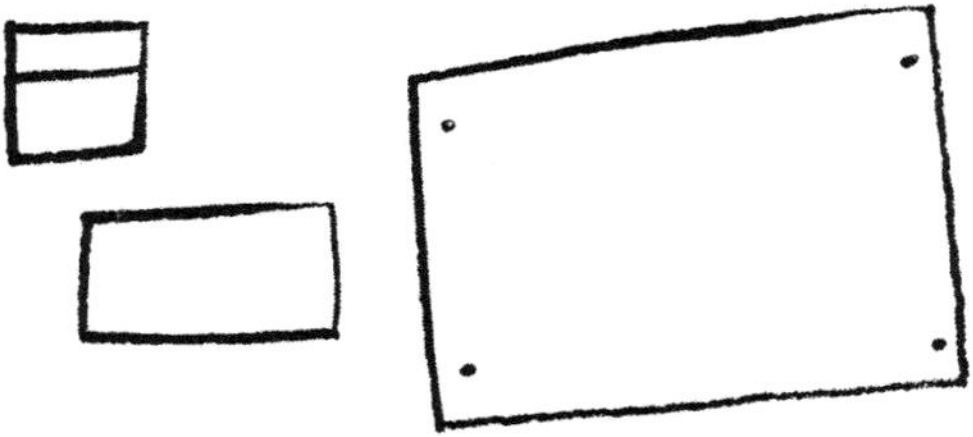

『いちねんせい』 1988

わるくち

ぼく　なんだいと　いったら
あいつ　なにがなんだいと　いった
ぼく　このやろと　いったら
あいつ　ばかやろと　いった

ぼく　ぼけなすと　いったら
あいつ　おたんちんと　いった
ぼく　どでどでと　いったら
あいつ　ごびごびと　いった

ぼく　がちゃらめちゃらと　いったら
あいつ　ちょんびにゅるにゅると　いった
ぼく　ござまりでべれけぶんと　いったら
あいつ　それから？　といった

そのつぎ　なんといえばいいか
ぼく　わからなくなりました
しかたないから　へーんと　いったら
あいつ　ふーんと　いった

にじ

わたしは　めをつむる
なのに　あめのおとがする
わたしは　みみをふさぐ
なのに　ばらがにおう

わたしは　いきをとめる
なのに　ときはすぎてゆく
わたしは　じっとうごかない
なのに　ちきゅうはまわってる

わたしが　いなくなっても
もうひとりのこが　あそんでる
わたしが　いなくなっても
きっと　そらににじがたつ

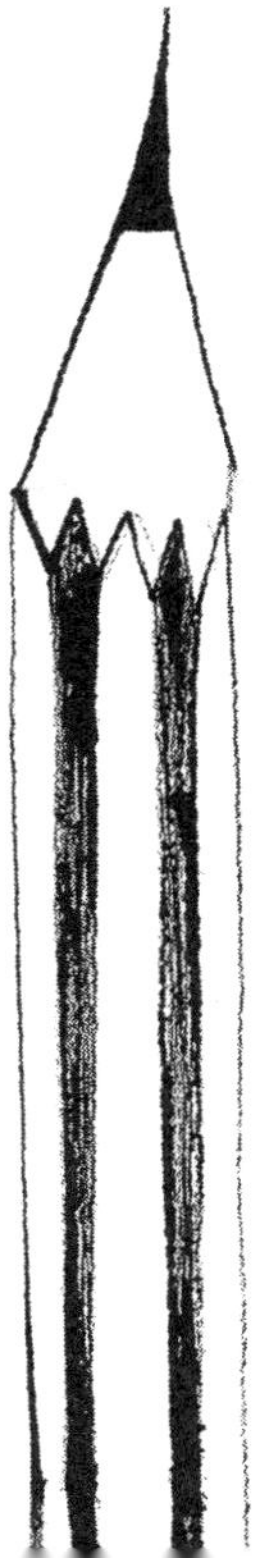

たいこ

どんどんどん
どんどこどん
どこどんどん
どどんこどん

どどどんどん
どこどんどん
どどんこどん
どこどこどん

どこどこどこどこ
たいこたたいて
どんどんどんどん
どこへいく

『みんなやわらかい』 1999

まる

こんぱすで　かみに　まるをかく
どこかとおくへ　ひとりぼっちで
いってしまいたいとき
まるにじぶんを　とじこめる

ぼうきれで　じめんに　まるをかく
だれかをおもいきり　ぶちたくて
どうしてもぶてないとき
まるときもちを　あそばせる

からだごと　そらに　まるをかく
どうしてどうしてと　たずねても
なにもこたえが　みつからないとき
まるをあしたへ　ころがしていく

でんしゃ

とおくをでんしゃがはしってゆく
くうきがおとをはこんでくる
みみがそれをすいこんでいる
とおくをでんしゃがはしってゆく
てつのしゃりんがぼくをひく
ぼくのてあしはばらばらだ

とおくをでんしゃがはしっている
きょうはきのうににているが
あしたはきょうににていない

とおくをでんしゃがはしってゆく
ひとがおりるひとがのる
みんなしらないひとばかり

とおくをでんしゃがはしらなくなるひ
せんろをひつじがあるくだろう
ぼくはそのときどこにいる？

クリスマス

あなたのふらせたまぶしいゆきを
どろんこぐつでふんづけちゃった
ねえかみさま
わたしをきらいにならないで

あなたのつくったまたたくほしを
テレビ・ゲームでばくはつさせた
ねえかみさま
わたしをきらいにならないで

おいのりしたってへんじをしない
うちゅうのはてでひるねしている

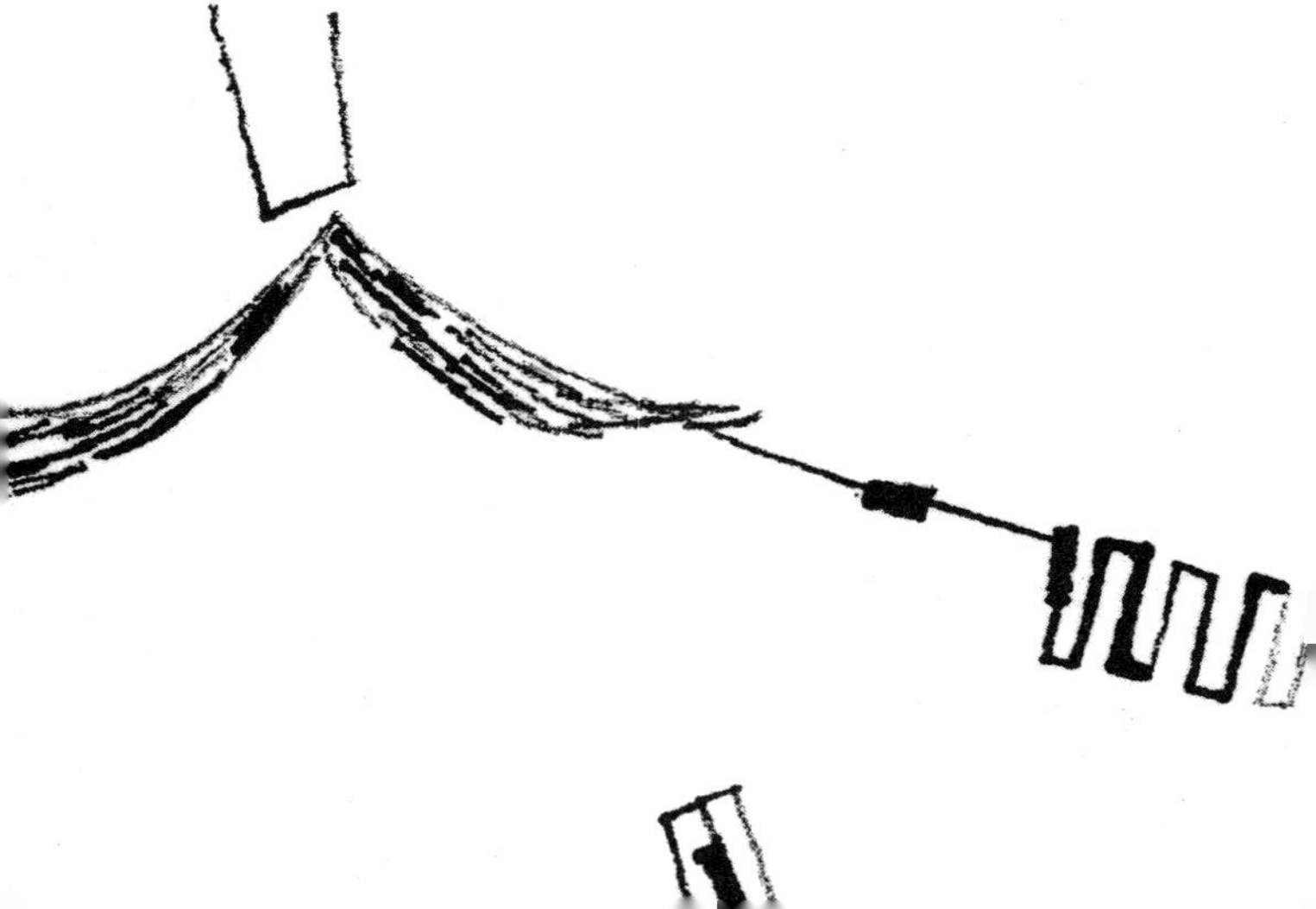

ねえかみさま
わたしをきらいにならないで

あなたがどんなにえらくったって
せんそうひとつなくしてくれない
ねえかみさま
わたしのいうこときいてるの

みんながわたしをいじめるときは
あなたのことをかんがえてるの
ねえかみさま
わたしをきらいにならないで

うまごやのなかはつめたくくらく

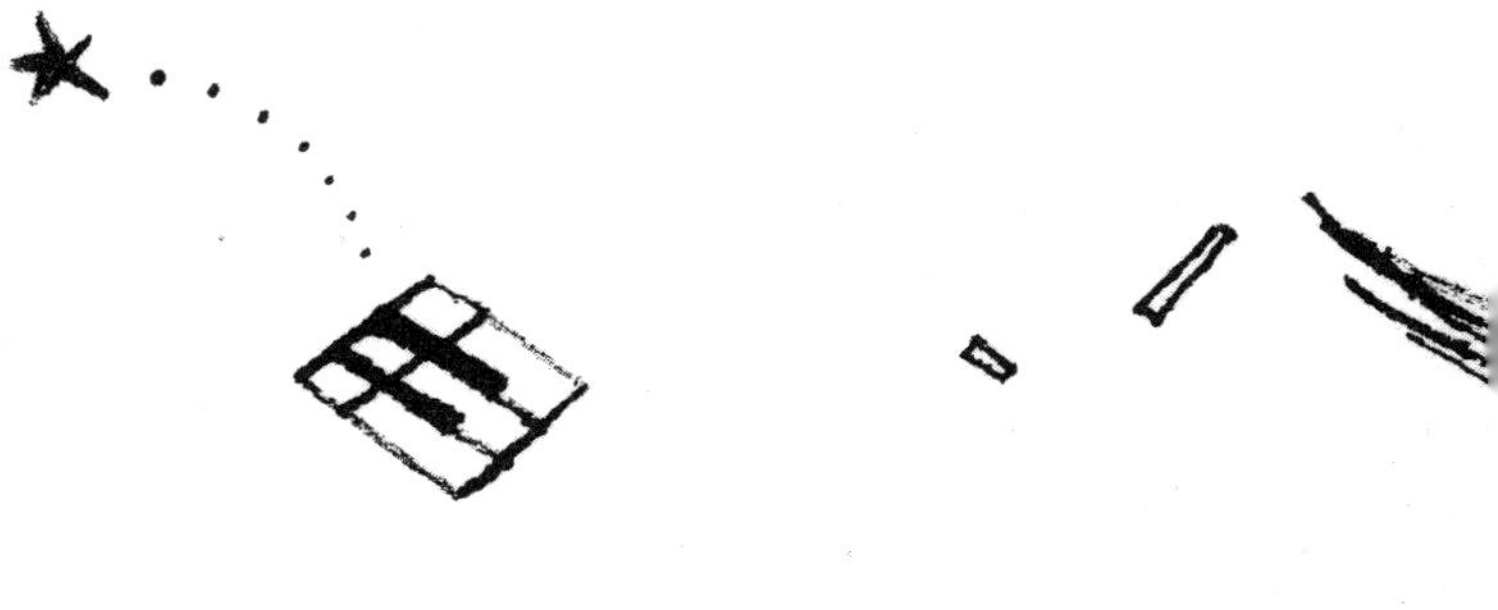

ここはあかるくあせばむくらい
ねえかみさま
わたしをきらいにならないで

『すき』 2006

ことばがつまずくとき

こころのこいしにつまずいて
ことばはじめんにぶったおれた

つちくれにめがふさがれた
かいだことのないにおいがはなをさした
みえないいたかいかべのように
じめんがことばをさえぎった

にぶいいたみがひろがった
こえにならないこえでことばはうめいた

いみのあることをいえないのがなさけなかった
じめんがなみうちうごめいて
なまあたたかくことばをのみこむ

こころのやみのどろにうもれて
なにもみえない　きこえない
はなばなのねがからみつく
ちいさないきものたちがはいまわる
ことばはいきがつまりもがく

はなせない　ことば
かんがえることもできない　ことば
ことばはむくろ　うつろなむくろ
だがそんなことばのものいえぬからだのおくに
かすかなひかりがさしてくる

そのほのかなかがやきは

くらやみをてらすひかりではなく
くらやみからうまれるひかり
はるかなときをいきつづけるいのちのきらめき

こころのふかみにむかっておずおずと
ことばはかぼそいねをおろしはじめる

はこ

もしぼくがはこだったら
だれにもなにもいれさせない
からっぽがいいいつまでも

でもちきゅうのうえにあるのだから
からっぽはくうきでいっぱい
においもおともかくれてる

もしぼくがはこだったら
ふたはあけておいてくれ
みえないものをいれるために

いっしょにいたいひとにあったら
はこをきもちでいっぱいにする

「すき」がはこからあふれだすまで

はこ　また

わたしがもしもはこだったなら
ふたはきちんとしめたまま
とだなのおくにかくれている

とじこめてるのはわたしのこころ
わすれたいおもいでが
どうしてもわすれられない

まっくらだけど
ほのかにあかるく

はこはひっそりいきをしていて

かわいたへそのお
やさしかったおばあちゃん
あのひのにじもはいってる

もしもわたしがはこだったなら
とだなのおくでうたってる
ちいさなこえでちょうしはずれで

『クレーの絵本』1995

黒い王様

おなかをすかせたこどもは
おなかがすいているのでかなしかった
おなかがいっぱいのおうさまは
おなかがいっぱいなのでかなしかった

こどもはかぜのおとをきいた
おうさまはおんがくをきいた
ふたりともめになみだをうかべて
おなじひとつのほしのうえで

黄色い鳥のいる風景

とりがいるから
そらがある
そらがあるから
ふうせんがある
ふうせんがあるから
こどもがはしってる
こどもがはしってるから
わらいがある
わらいがあるから
かなしみがある
いのりがある
ひざまずくじめんがある
じめんがあるから
みずがながれていて

きのうときょうがある
きいろいとりがいるから
すべてのいろとかたちとうごき
せかいがある

選ばれた場所

そこへゆこうとして
ことばはつまずき
ことばをおいこそうとして
たましいはあえぎ
けれどそのたましいのさきに
かすかなともしびのようなものがみえる
そこへゆこうとして

ゆめはばくはつし
ゆめをつらぬこうとして
くらやみはかがやき
けれどそのくらやみのさきに
まだおおきなあなのようなものがみえる

黄金の魚

おおきなさかなはおおきなくちで
ちゅうくらいのさかなをたべ
ちゅうくらいのさかなは
ちいさなさかなをたべ
ちいさなさかなは
もっとちいさな

さかなをたべ
いのちはいのちをいけにえとして
ひかりかがやく
しあわせはふしあわせをやしないとして
はなひらく
どんなよろこびのふかいうみにも
ひとつぶのなみだが
とけていないということはない

『クレーの天使』2000

天使とプレゼント

なにがてんしからのおくりものか
それをみわけることができるだろうか
はなでもなくほしでもなく
おかしでもほがらかなこころでもなく
それはたぶん
このわたしたちじしん……

天使、まだ手探りしている

わたしにはみえないものを
てんしがみてくれる
わたしにはさわれないところに
てんしはさわってくれる

わたしのこころにごみがたまってる
でもそこにもてんしがかくれてる
つばさをたたんで

わたしのこころがはばたくとき
それはてんしがつばさをひろげるとき
わたしがみみをすますとき
それはてんしがだれかのなきごえにきづくとき

わたしよりさきに
わたしにもみえないわたしのてんし
いつかだれかがみつけてくれるだろうか

泣いている天使

まにあうまだまにあう
とおもっているうちに
まにあわなくなった

ちいさなといにこたえられなかったから
おおきなといにもこたえられなかった

もうだれにもてがみをかかず
だれにもといかけず

てんしはわたしのためにないている
そうおもうことだけが
なぐさめだった

なにひとつこたえのない
しずけさをつたわってきこえてくる
かすかなすすりなき……

そしてあすがくる

希望に満ちた天使

のはらにもうみべにも
まちかどにもへやのなかにも
すきなものがあって

でもしぬほどすきなものは
どこにもなくて

よるをてんしとねむった

やまにだかれたかった
そらにとけたかった
すなにすいこまれたかった
ひとのかたちをすてて

はだかのいのちのながれにそって

鈴をつけた天使

ほんとうにかきたかったものは
けっしてことばにできなかったもの

すずをつけたてんしにくすぐられて
あかんぼがわらう
かぜにあたまをなでられて
はながうなずく

どこまであるきつづければよかったのか
しんだあとがうまれるまえと

まあるくわになってつながっている

もうだまっていてもいい
いくらはなしても
どんなにうたっても
さびしさはきえなかったけれど

よろこびもまたきえさりはしなかった

V

『みみをすます』1982

ぼく

ぼくは
うまれた
かぶとむしが
くりのきをはい
みずたまりが
かすかなゆげをあげる
あさ
めもみえず
みみもきこえず
ただくちだけを

おおきくひらいて
はじめての
くうきのつめたさに
ひめいをあげ
ぼくは
うまれた
くもが
やぶれたすを
つくろい
おちばが
おともなく
ふりつもる
ちじょうに
はだかで

ぼくは
うまれた

ほろびさった
いきものの
かせきをけずって
かわがながれ
そのうえのそらは
どこまでも
あおい
このほしに
わけもわからず
ははおやのちぶさに
すがりつき
ぼくは
ないた
なきながら
うまれた

ぼくは

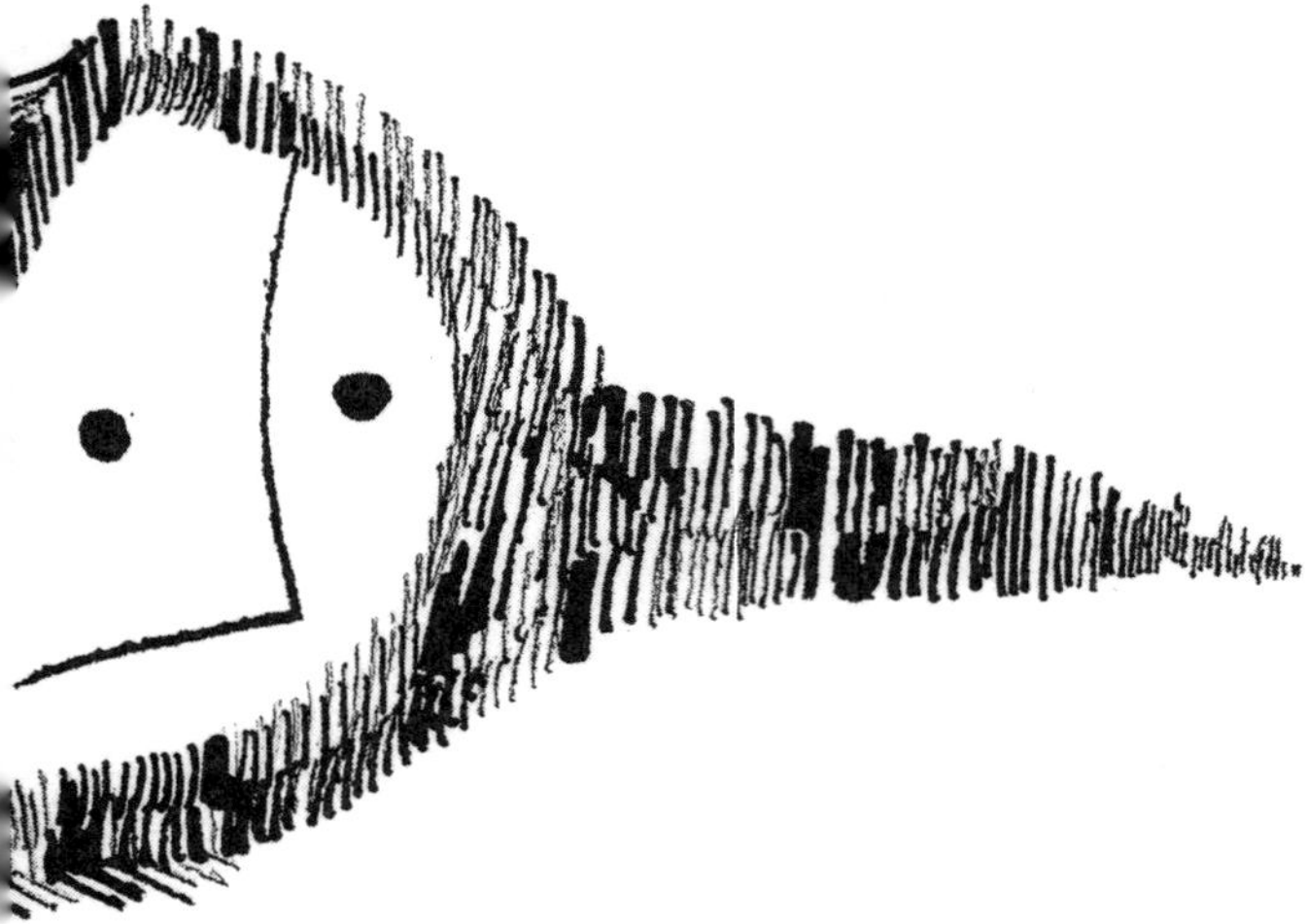

ねむった
ひとが
ひとを
ころしている
くらやみに
よりそって
ねむる
からだの
ぬくみにまもられ
だまっている
あまのがわの
きしべで
まだやわらかい
つめを
のびるにまかせた

（もういいかい

まあだだよ）

それから
ぼくは
はった
あかるいほうへ
ひだまりのなかで
はじめての
ほほえみが
ぼくのかおを
ひらき
ぼくは
なめた
ぼくは
しゃぶった
すべすべと
ざらざら

ふわふわと
こちこち
とてつもなくおおきなものの
ちっぽけなすみっこを

そうして
ぼくはさわった
ぼくでないものに
よだれのうみから
たちあがり
ちいさなゆびを
まげ
ぼくは
つかんだ
ぼくは
ふりまわした
ぼくは

なげた
ぼくは
こわした

ぼくは
ゆびさした
やまやまのかたに
うかぶくも
ほえるいぬ
したたるみず
ひとのかおを
それらが
なにかもしらずに
それらがあることに
おどろいて
ぼくは
みつめ

こえをあげた
すると
もうひとつのこえが
こたえた

あ
といった
ぼくは
おお
といった
けものの
なきごえをきき
ひとの
どもるのをきき
たいこと
ふえをきき
ぼくも

ぼくを
ならした
できたての
すずのように

つきがかけ
つきがみち
ぼくは
あゆんだ
こいしにつまずき
ひいてゆくなみを
あしのうらにかんじながら
かぞえきれぬほどの
なまえを
ひとつまたひとつと
おぼえ
とうすみとんぼを

すきといい
むかでを
きらいといい
にじのいろをかぞえ
にじに
てのとどかぬことをおぼえ
わすれながら
おもいでを
ためこみ
みようみまねで
あすをうらない
おしえられるまま
めにみえぬものに
てをあわせた

(もういいかい
まあだだよ)

ぶよがとんだ
つばめがとんだ
ゆきがおちてきた
そのうえの
そらの
ふかさに
ぼくは
なれた

あきがきた
いわからいわへ
けものの
あとをおい
ぼくはまった
ふゆがきた
しんでゆく

としよりの
あしもとで
ぼくはまった
はるがきた
いいにおいのする
つちのなかに
たねをうめ
ぼくはまった
なつがきた
まつりの
おどりのわのなかで
おどりながら
ぼくはまった

こもれびのしたで
ぼくのしんぞうは
うちつづけ

ぼくは
いぶかった
どこからきて
どこへゆくのかと
けれどそのといは
ゆめにまぎれ
よがあけると
ぼくはいっぱいの
つめたいみずをのみ
しぬことを
おそれた

なぐり
なぐりかえされた
うそをつき
うそをつかれた
ひとりでうずくまり

にやりとわらった
そしてそれらが
すぎさった

はかをほった
きをきりたおした
かわをせきとめた
がけっぷちまで
みちをたどった
ひきかえした
そしてそれらが
すぎさった

おしっこした
おならした
げっぷした
くしゃみした

あいした
（とおもった）
そして
それらが
すぎさった

（もういいかい
まあだだよ）

ぼくそっくりの
こどもが
きのなかに
かくれていた
つりあげたさかなが
ゆうやみに
にぶくひかり
つぼのさけと

おんなの
かみのにおいが
まじりあい
くさむらで
へびがかえるを
のみこんでいた
かがみのおくへ
ふみこむように
いちにちの
おわりを
ぼくは
ふたたび
よるへと
あゆんだ

はだかの
ぼくがいた

ぼくは
ぼくをみつめた
そのめのなかに
わかものの
ぼくがいた
ぼくは
わらっていた
そのめのなかに
こどもの
ぼくがいた
ぼくは
はしっていた
そのめのなかに
あかんぼうの
ぼくがいた
ぼくは
ないていた

そのめのなかに
もうなにもなかった
どこともしれぬ
ところ
いつともしれぬ
とき

ぼくは
あえいだ
ぼくは
もがいた
だが
なんの
てごたえも
なかった

めもみえず
みみもきこえず
ただくちだけを
おおきくひらいて
ぼくはさけんだ！

そして
すべての
まぼろしが
きえさり
たんぽぽの
たねが
ゆっくりと
そらにただよい
いけに
はもんのひろがる
あさ

このちじょうで
ぼくは
しんだ
（もういいかい
もういいよ）

VI

『はだか』 1988

さようなら

ぼくもういかなきゃなんない
すぐいかなきゃなんない
どこへいくのかわからないけど
さくらなみきのしたをとおって
おおどおりをしんごうでわたって
いつもながめてるやまをめじるしに
ひとりでいかなきゃなんない
どうしてなのかしらないけど
おかあさんごめんなさい
おとうさんにやさしくしてあげて

ぼくすききらいいわずになんでもたべる
ほんもいまよりたくさんよむとおもう
よるになったらほしをみる
ひるはいろんなひととはなしをする
そしてきっといちばんすきなものをみつける
みつけたらたいせつにしてしぬまでいきる
だからとおくにいてもさびしくないよ
ぼくもういかなきゃなんない

き

ぼくはもうすぐきになる
なかゆびのさきっぽがくすぐったくなると
そこからみどりいろのはっぱがはえてくる
くすりゆびにもひとさしゆびにも
いつのまにかはっぱがいっぱいしげってきて
りょううではしなやかなえだになり
からだはしゃつのしたで
ごつごつしたみきにかわっている
あしのゆびがしめったどろにとけていって
したはらになまぬるいみずがしみこんでくる
そうしてぼくはもうがっこうへいかない
やきゅうにもつりにもいかない
ぼくはうごかずによるもそこにたっている
あめがふりだすととてもきもちがいい

だれもぼくがそこにいることにきづかずに
いそぎあしでみちをとおりすぎていく
ぼくはもうかれるまでどこにもいかない
いつまでもかぜにそよいでたっている

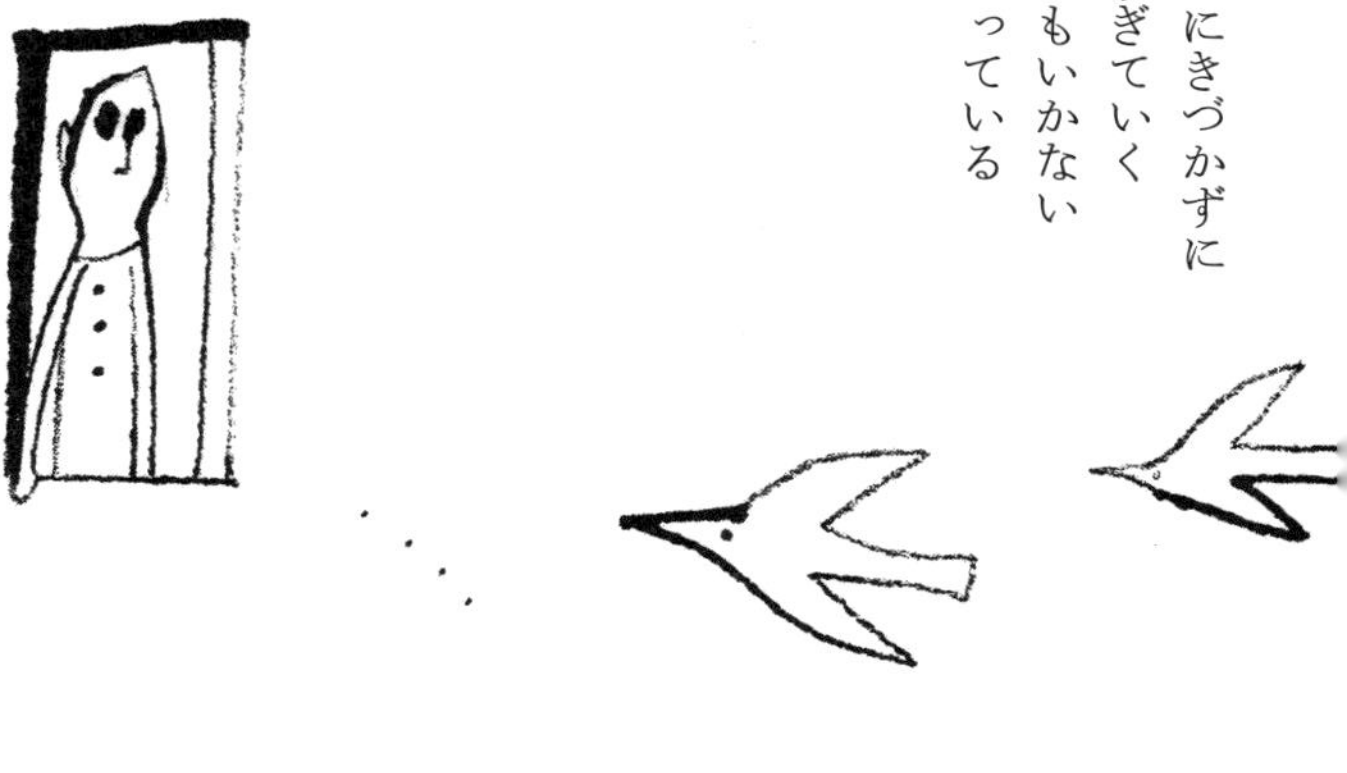

はだか

ひとりでるすばんをしていたひるま
きゅうにはだかになりたくなった
あたまからふくをぬいで
したぎもぬいでぱんてぃもぬいで
くつしたもぬいだ
よるおふろにはいるときとぜんぜんちがう
すごくむねがどきどきして
さむくないのにうでとももに
さむいぼがたっている
ぬいだふくがあしもとでいきものみたい
わたしのからだのにおいが
もわっとのぼってくる
おなかをみるとすべすべと
どこまでもつづいている

おひさまがあたっていてもえるようだ
じぶんのからだにさわるのがこわい
わたしはじめんにかじりつきたい
わたしはそらにとけていってしまいたい

おばあちゃん

びっくりしたようにおおきくめをあけて
ぼくたちにはみえないものを
いっしょけんめいみようとしている
なんだかこまっているようにもみえる
とってもあわてているようにもみえる
まえにはきがつかなかったたいせつなことに
たったいまきづいたのかもしれない
もしそうだったらみんなないたりしないで
しずかにしていればいいのに
でもてもあしもうごかせないし
くちもきけないから
どうしたいのかだれにもわからない
おこったようにいきだけをしている
じぶんでいきをしているのではなくて

むりやりだれかにむねをおされているみたい
そのとききゅうにそのいきがとまった
びっくりしたままのかおでおばあちゃんは
しんだ

みどり

あかんぼみどりのやなぎ
やきもちみどりのたんぽぽ
むかしみどりのしだ
わたしがなにをおもっても
しらんぷりでかぜにゆれてる
おいでおいでをしているはっぱ
いやいやをしているはっぱ
だまっているからみどりはおそろしい
でもわたしはぬってやるはいいろに
あっというまにこころのえのぐで
けむりみどりのしいのわかば
はしゃぎみどりののうぜんかずら
くらやみみどりのつた
そのうえのあおいそらまで

だれにもあけることのできない
こころのこばこにとじこめる

おかあさん

めをつむっているからくらいんじゃない
めをあけたってまっくらだってわかってる
ねむってしまいたいけどおかあさんが
がけからおちるゆめをみそうでこわい
みちをあるいてくるくつおとがする
でもあれはおかあさんじゃない
ひるまがっこうからかえってきたら
かれーつくりながらびーるをのんでいた
おかあさんまたのんでるっていったら

はいまたのんでますっていった
それからおかあさんはでかけた
いまどこにいるのおかあさん
もうでんしゃにのってるの
まだどこかあかるいところにいるの
だれとはなしてるの
わたしともはなしをしてほしい
かえってきてほしいいますぐ
ないててもいいからおこっててもいいから

ひとり

ほっといてほしいのおねがいだから
めをつむるわなにもみえないように

みみをふさぐわくちもつぐむわ
でもこころはなくしてしまえないから
おもいだしてしまうのつらいこと
わたしをいじめるあなたはにくくない
あなたもほかのだれかにいじめられてる
そのほかのだれかもまたもっとほかのだれかに
わたしたちはみんないじめられてる
めにみえないぶよぶよしたものに
おとなたちがきづかずにつくっているものに
おかあさんのなぐさめもうるさいだけ
おとうさんのはげましもうっとうしいだけ
だからいまはただひとりにしておいて
ほんのすこしだけしんでいたいの
ほんとにしぬのはわるいことだから
おんがくもきかずにあおぞらもみずに
わたしひとりでもくせいまでいってくるわ

がっこう

がっこうがもえている
きょうしつのまどから
どすぐろいけむりがふきだしている
つくえがもえている
こくばんがもえている
ぼくのかいたえがもえている
おんがくしつでぴあのがばくはつした
たいいくかんのゆかがはねあがった
こうていのてつぼうがくにゃりとまがった
がっこうがもえている
せんせいはだれもいない
せいとはみんなゆめをみている
おれんじいろのほのおのしたが
うれしそうにがっこうじゅうをなめまわす

がっこうはおおごえでさけびながら
からだをよじりゆっくりとたおれていく
ひのこがそらにまいあがる
くやしいか　がっこうよ　くやしいか

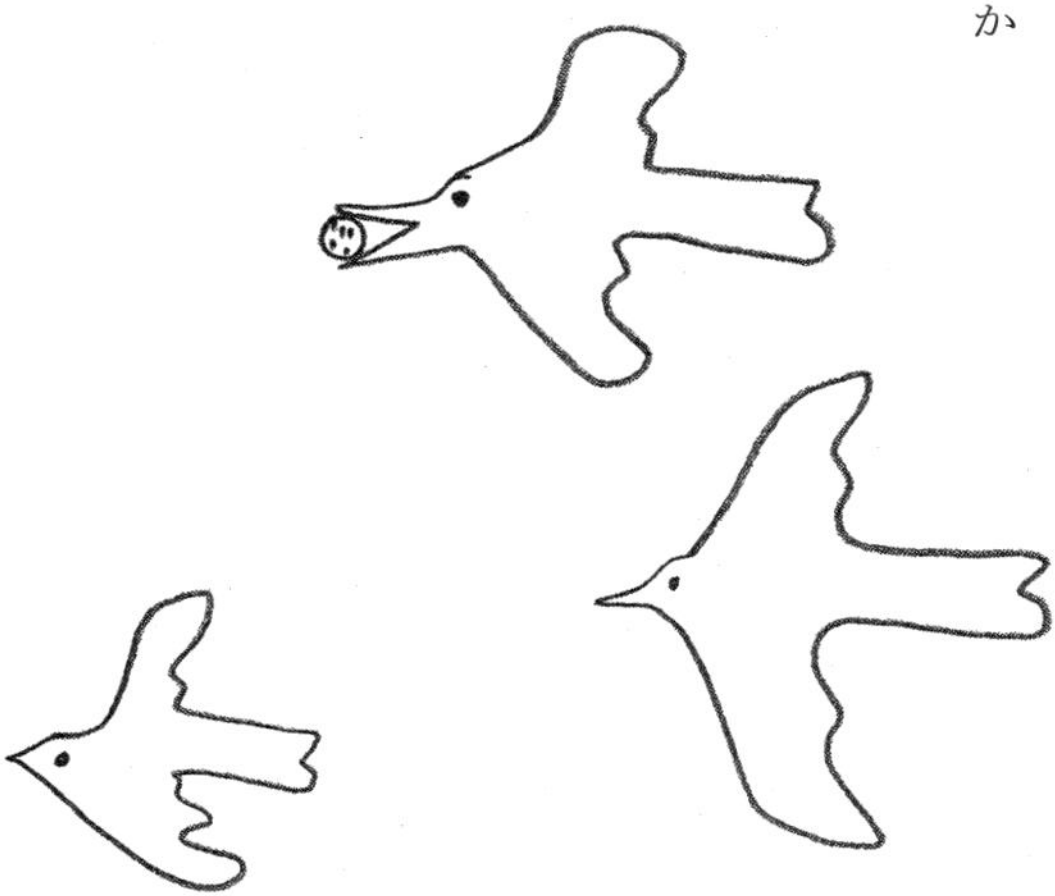

『ふじさんとおひさま』1994

うし

うしの　めが
じっと　わたしを　みる
かなしいのかな
わからない

うしの　めが
ゆっくり　おかを　みる
たのしいのかな
わからない

ひこうき

ひこうきの　つばさ
ナイフみたいだ
ごめんね　そら
いたいだろ

でも　がまんして
おとさないで
あかちゃんも
のっているから

みずのなか

みずの　なかは
おかあさんの
おなかの　なか　みたい
ほわんと　いい　きもち

みずの　なかは
とおい　うちゅうの
どこか　みたい
しいんと　すきとおる

『子どもの肖像』 1993

しあわせ

わたしはたっています
おひさまがおでこに
くちづけしてくれます
かぜがくびすじを
くすぐってくれます
だれかじっと
みつめてくれます
わたしはたっています
きのうがももを
つねってくれます

あしたがわたしを
さらっていこうとします
わたしはしあわせです

いなくなる

わたしたちは
いつか
いなくなる
のはらでつんだはなを
うしろでにかくし
おとうさんにはきこえない
ふえのねにさそわれて
わたしたちは

いつのまにか
いなくなる
そらからもらった
ほほえみにかがやき
おかあさんにはみえない
ほしにみちびかれて

わらう

ずっとむかしのいまごろ
わたしはまだいなくて
あざみのはかげの
ひかりのつぶつぶだった
だけどみてたの

おかあさんのなみだを
わたしはしっていた
わたしもいつか
おかあさんのようになくだろうって
いくつことばをおぼえても
かなしみはなくならない
だからいまここにわたしはいて
おかあさんにわらいかけるの

かなしみはあたらしい

わたしたちのかおから
めをそらさないでください
たとえわたしたちのめが

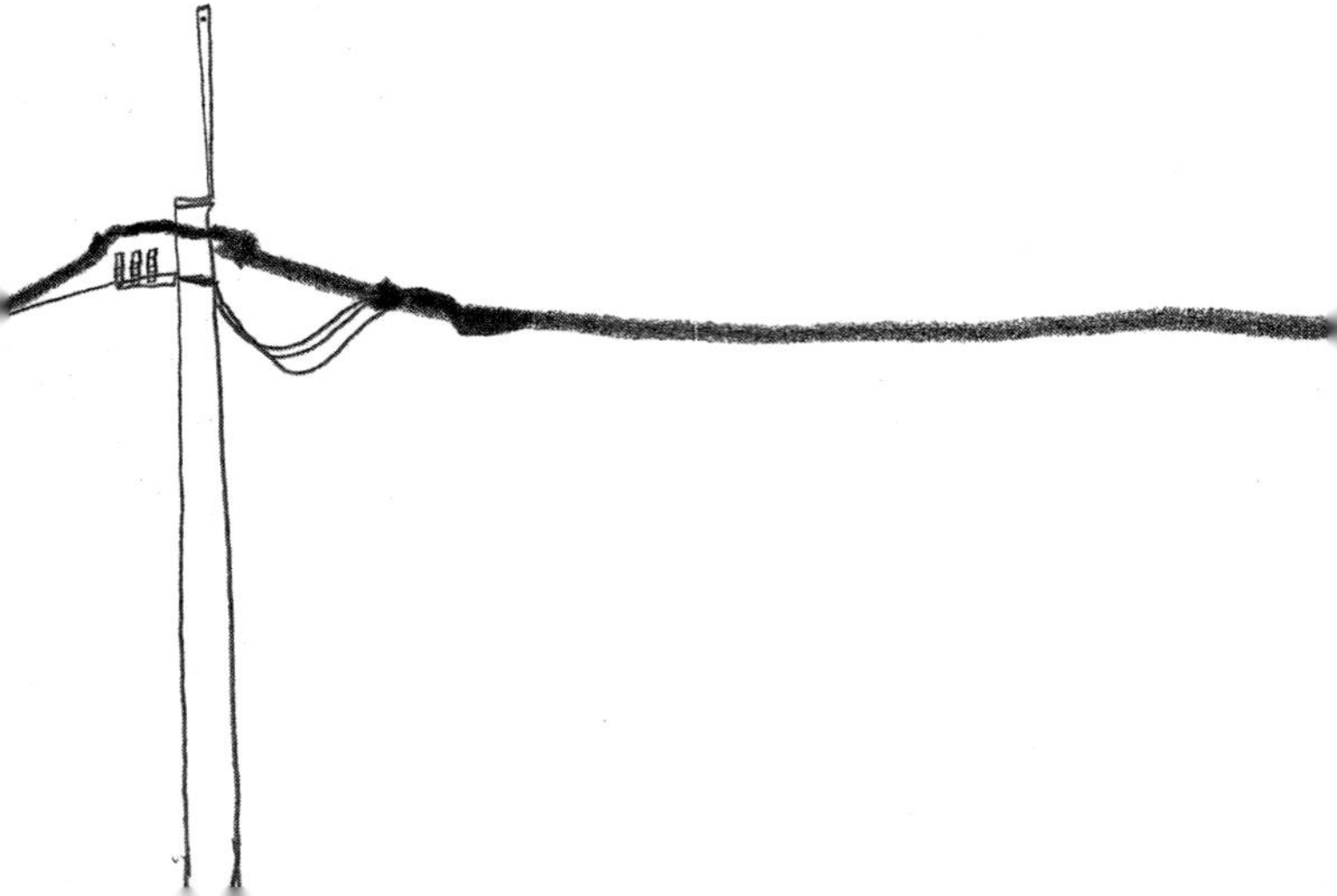

あなたをみつめていないとしても
あなたのきらいなだれかに
むけられているとしても

わたしたちのかなしみを
あなどらないでください
わたしたちはあなたのように
つかれてはいないから
かなしみはあたらしい
よろこびもいかりも

わたしたちのこころを
あなたとおなじと
おもわないでください

かお

これはかみさまがつくったおめん
これをかぶるとこどもになれる
ないたってかわいいし
おこったってかわいいし
とんぼのはねむしったって
ゆるしてもらえる
でもおとながいなくなると
ぼくらはときどき
おめんをはずして
よるののはらへでかけてゆく
うまれずにしんだ
おねえちゃんをおこして
うしろのしょうめんだあれ

『子どもたちの遺言』 2009

生まれたよ　ぼく

生まれたよ　ぼく
やっとここにやってきた
まだ眼は開いてないけど
まだ耳も聞こえないけど
ぼくは知ってる
ここがどんなにすばらしいところか
だから邪魔しないでください
ぼくが笑うのを　ぼくが泣くのを
ぼくが誰かを好きになるのを
ぼくが幸せになるのを

いつかぼくが
ここから出て行くときのために
いまからぼくは遺言する
山はいつまでも高くそびえていてほしい
海はいつまでも深くたたえていてほしい
空はいつまでも青く澄んでいてほしい
そして人はここにやってきた日のことを
忘れずにいてほしい

平気

わたし　ひとりぼっち
じゃないよね
見てくれてるよね　お日さま
お母さんといっしょに
聞いてくれてるよね　お星さま
わたしのお話

わたし　友だち
いるよ
ふわふわおふとんとか
迷子の蝶々《ちょうちょう》とか
お母さんのお母さんとか

わたし　これから

よろしくね
すってんってころぶかも
おんおん泣くかも
でも平気
友だちいるもん
ひとりじゃないもん

一人きり

ぼくはぼくなんだ　ぼくは君じゃない
この地球の上にぼくは一人しかいない
もしかすると半径百三十七億光年の宇宙で
ぼくは一人きり

生まれる前もぼくはぼくだったのか
死んだ後もぼくはぼくなのか
どこへ行ってもぼくはぼく
いつまでたってもぼくはぼく
ぼくはぼくが不思議でしかたがない

ぼくはいま本を読んでいる
ぼくは息をしている
妹はいま大声で泣いている
妹も息をしている

いまから千年前
ここには誰がいたんだろう
いまから千年後
ここには誰がいるだろう

もどかしい自分

自分が無限の青空に吸い取られて
からっぽになっていく
何かに誰かにしがみつきたいのだけれど
分からない　どこに手をかければいいのか
子どものころとは違うさびしさ
置いてけぼりの頼りなさ
でもかすかな楽しさもひそんでいる
これは新しい自分かもしれない

夏みかんが酸っぱい
汗が風に乾いていく
少女たちの髪の匂いと
明るい笑い声

生きているってこういうことなんだ
さびしい自分　不安な自分
でも何かを待ってる自分
もどかしい自分
そういう自分をみつめる自分

いや

いやだ　と言っていいですか
本当にからだの底からいやなことを
我慢しなくていいですか
我がままだと思わなくていいですか

親にも先生にも頼らずに
友だちにも相談せずに
ひとりでいやだと言うのには勇気がいる
でもごまかしたくない
いやでないふりをするのはいやなんです

大人って分からない
世間っていったい何なんですか
何をこわがってるんですか

いやだ　と言わせてください
いやがってるのはちっぽけな私じゃない
幸せになろうとあがいている
宇宙につながる大きな私のいのちです

ありがとう

空　ありがとう
今日も私の上にいてくれて
曇っていても分かるよ
宇宙へと青くひろがっているのが

花　ありがとう
今日も咲いていてくれて
明日は散ってしまうかもしれない
でも匂いも色ももう私の一部

お母さん　ありがとう
私を生んでくれて
口に出すのは照れくさいから
一度っきりしか言わないけれど

でも誰だろう　何だろう
私に私をくれたのは？
限りない世界に向かって私は呟《つぶや》く
私　ありがとう

編者解説

詩を書くことで人々とむすばれる

谷　悦子

谷川俊太郎さんは、一九三一（昭和六）年十二月十五日、哲学者の父徹三さんと母多喜子さんのひとりっ子として生まれた。母親っ子だった幼年期、おかあさんが死んだらどうしようと思う遺棄された感じ、これほど頼っている人を失ったら自分は生きていけるかどうかわからないという不安や恐れとともに、無意識の暗い宇宙感覚をもっていた。それは、「おかあさん／どこへいってしまったの？／ぼくをのこして」（「おかあさん」）の中に窺《うかが》える。が、小学校二年か三年ごろのある朝の経験によって、明るい宇宙感覚へ変わる。

朝早く、私は庭に立っている。芝の上に露がおりている。隣家の敷地の端に立っている大きなにせアカシアの木のむこうから、太陽がのぼってくる。／その時、私の心に、何か生れて初めてのものが生れる。好ききらい、快不快、喜び哀しみ、こわいこわくない――今まで経験してきたそういう心の状態とは全く違った新しいもの、もっと大きなもの、その時はその名を知らなかったが、おそらく〈詩〉とも呼ばれ得るもの。その日の感動を、私は小学生らしく簡単に日記に書きとめる。

「今日、生れて初めて、朝を美しいと思った」

（「朝」『現代詩文庫27 谷川俊太郎詩集』思潮社）

「自然のある状態によって喚起された感動」というこの原体験が、谷川さんの詩の核になっている。自分の中のある世界がひらけた、ポエジーが誕生した瞬間であった。「どんぐりひとつ／いけにおちた／とぷん／なみのわがひろがる……おひさまのひかり／いけにさわる／きらきら／とってもやさしい」（「いけ」）には、この朝の光が投影している。

幼年期の谷川さんを知るうえで、父の徹三さんが語っている「妙に記憶に残っていること」も興味深い。五、六歳ごろ、庭で突然ジダンダをふむようにして泣きだしたので、見ると犬がカマキリにちょっかいを出している。それを犬がカマキリを殺そうとしている、食べようとしているとでも思ったのだろう。

自分で犬を叱ることもできず、カマキリがかわいそうだから何とかしてやってくれとオトナ達に催促しているのがジダンダになったらしいのである。私が気がついて犬を追ったら、すぐ泣きやんだ。／このことは妙に私の記憶に残っている。その時私は、そういう気質に俊太郎が生まれついたことを、なかば嬉しく、なかば気がかりに思って、それを母親に話したものだった。

（前掲書）

この出来事は、谷川さんが〃いのち〃に対して鋭敏な感受性をもち、小さなもの弱いものに一体化して心をよせる気質をもっていたことを示している。それは、クレーの絵に詩をつけた「黄金の魚」の、「ちいさなさかなは／もっとちいさな／さかなをたべ／いのちはいのちをいけにえとして／ひかりかがやく」を思い出させる。

この詩集は、谷川さんが、このような幼少年期の自分、自分の中の子どもに言葉を与えて生まれてきた作品を中心に、語り口のちがいによって六つに分けて編んだ。

Iは「初期の詩・童謡」である。

谷川さんは十六歳ごろから詩を書き始め、二十歳で『二十億光年の孤独』（創元社）を出版。三好達治さんから、「この若者は／冬のさなかに永らく待たれたものとして／突忽《とっこつ》とはるかな国からやってきた」（「序にかへて」）と賛《たた》えられた。巻頭の『十八歳』の詩は、同じころに書かれている。「おさないいかりとかなしみ」をにがく味わいながら「僕はほんとにひとりだった」とつぶやく「十八歳」。子ども時代は終わったのに大人にもなりきれない過渡期に、人は誰もこんな思いをしたことがある。「海の駅」の、「もう子どもじゃないんだ／もう違う夢を見るんだ／もうひとりきりになりたいんだ」という少年の叫びと響きあっている。谷川さんの詩の出発点には、「かなしみ」があったようだ。

『日本語のおけいこ』は、児童文学における谷川さんの最初の仕事で、むかしからの〈童謡〉では包みきれない新しい〈子どものうた〉を創《つく》り出そうと試みたものである。代表作「ひとくいどじんのサムサム」は、マザー・グースにも通じるノンセンスな想像力によって、北原白秋以来の童謡とは質の違う新しい世界を開いた。子どもたちは、この奇想天外な物語を身近なものとして興味をもつ。読後に、〈自分がいなくなる不思議さ（かなしみ）〉と、〈いなくなった自分はどこにいったのか〉という問いが残るが、谷川さんは、〈自分はどこから来てどこへ行くのかという疑問〉を常にもち続けている詩人なのだ。

「宇宙船ペペペペランと　弱虫ロン」のようなノンセンス性をもった物語詩、レコード大賞作詞賞を受賞した「月火水木金土日のうた」のような言葉を音で遊ぶ楽しい世界なども、谷川さんが現代児童文学にもたらした新しさである。それは「誰もしらない」や「ハヒフペポ」にもいえる。星をプッチンともいで焼いてたべたり、五十音の一行「ハヒフヘホ」がハヒフとペポという二人組になってけんかしたり空をながめたり、言葉自体が生み出す無意味な楽しさ・のびやかな空想に満ちている。

『日本語のおけいこ』『誰もしらない』が〈子どものうた〉として作曲もされているのに対し、『どきん』は詩集である。書名になっている「どきん」は、「つるつる・がらがら」などのオノマトペ（擬態語・擬音語）で連想遊びをしているような詩だが、無邪気な子どもが無自覚に地球を壊す大人と重なって見え、「どきん」とさせられる。

『どきん』で注目すべきなのは、全十二篇で構成された連作「みち」である。本書では、その中から七篇を収録した。自然の中に初めて道がきり開かれてから「みちのおわり」までを現実的に描きつつ、人が生きていく道——過ぎてゆく時がもたらすもの・その時々の思いを象徴的に重ねている。ひらがな詩で子どもにも読み易《やす》いが、内容は深く示唆に富む。映画を見ながら静かなナレーションを聴いているような不思議な感じがあり、読者（人々）とむすばれるために谷川さんが模索する様々な語り口の一つになっている。

IIは「ことばあそびうた・わらべうた」である。

谷川さんは、現代詩が音韻性を失い、自己表現（個性）を重視して難解になり、読者の数を減らしていったことに疑問をもっていた。詩作の初めより一貫してマザー・グースに関心をもち翻訳をしたのは、伝承のわらべうたが音韻性と無名性を有していたからであり、〈ことばあそびうた〉を作ったのは「自分を消してゆく方向に、日本語の奥深さ・豊かさは現れてくる」との思いからである。

『ことばあそびうた』は、日本人の耳を楽しませるほどの強い音韻性を、規則に縛られずに試み、わらべうたに見られるようなポエジーやユーモアのある世界を、ひらがなで表記したものだ。音の豊かさ・おもしろさを出すために、頭韻・脚韻だけでは足りず、多量に押韻している。最初に発表された「ののはな」は、「の」「は」「な」の語順を入れかえて作られており、同音の反復が快い。「かっぱ」は「かっぱ↓かっぱらった」と名詞の音が動詞に転じ、「らっぱ・なっぱ・いっぱ」と語呂合わせが花火のように広がるので、音の楽しさを体で感じることができる。小学校国語教科書にも採択された「いるか」は、動物のイルカと動詞の疑問形「居るか」の際限ない音の戯れになっていて、どの「いるか」がイルカなのか曖昧《あいまい》なところが子どもの心をひきつける。

『わらべうた』は、谷川さんが、私たちの体の中にある日本語の自然なしらべや拍子にのせて作った新しいわらべうたで、「あとがき」で次のように語っている。

学校で教わることばもたいせつだけど、それだけがことばじゃない。こどもにはこどものことばがあるんだ。べんきょうすることばといっしょに、遊ぶことばもあるのさ。そのりょうほうがまじりあって、ことばを深く豊かなものにしていると思うな。この本の《わらべうた》は、ぼくがつくったものだけれど、もともと《わらべうた》というものは、ひとびとの間から自然に生まれてきたものだ。きみたちも自由にことばをかえたり、つけたしたり、新しくつくったりして遊んでほしいと、ぼくは思っている。

なぞなぞ・舌もじり・こもりうたなどを含むわらべうたは、人間の言語体験の出発点であり、言葉のもっとも原初的な形を有しているものなのだ。

IIIは「歌」である。

手塚治虫さんのアニメの主題歌として作られた「鉄腕アトム」は、高井達雄さんが作った曲と詞とが一体となって、歌う者に力を与える。空を自由に飛ぶアトムを思いうかべながら、「ゆくぞ　アトム」「みんなの友だち」とつぶやくだけで、勇気がわいてくる。谷川さんは、二十四歳のころすでに、「現在の日本の流行歌には、すべての詩人が責任を負わねばならない」(「世界へ！」)と主張し、「詩を書くことで人々とむすばれる」ことを強く願っていた。いま「鉄腕アトム」はみんなの歌となり、谷川さんの願いは実現している。『ひとりひとりすっくと立って』は、幼稚園・小学校から大学その他までの「校歌詞集」である。校歌は「ある特別な小共同体の表現」なので、作者は無名(匿名)性を帯びる。が、わらべうたと違うのは、学校の個性・校風が大きく関わっている点だ。教師と子どもたちが、谷川さんの作った「わかばのけやき」や「きょうしつのまどのむこうに」といった校歌を自分たちの歌として行事の度に歌うとき、それは地域を含めたみんなの歌になる。

IVは「ノンセンス詩・絵とのコラボレーション」である。

『よしなしうた』(青土社　一九八五年刊)は、一九九一年に英訳された「SONGS OF NONSENSE」との合本の形で改めて出版されている。ノンセンス詩で、全篇ひらがな表記なので子どもも楽しめる。『ことばあそびうた』が現代詩に対する音からの挑戦だとすれば、『よしなしうた』は意味からの遊びであった。ノンセンスは、言葉から意味をはぎとって、「意味はないけれども、存在の手ざわりのようなものが、意味を失うことでかえってあきらかに出てくる」世界である。「けいとのたま」になって旅に出る手袋、ポストの底で女の子のお尻を思い出して喜ぶ「はがき」、空っぽであることにいらだち涙する「はこ」など、人間くさい言動をする物たちが妙におかしく笑いをさそう。

『クレーの絵本』『クレーの天使』は、パウル・クレーの絵にうながされ、絵の題名に触発されて書いた詩である。クレーの絵には、「魂」が住んでいて言葉をひきだす力をもっている、「詩」がひそんでいる、「人間に対する想像力がなければ、天使の姿は見えない」と、谷川さんは思っている。「わたしのこころがはばたくとき／それはてんしがつばさをひろげるとき」であり、「さびしさはきえなかったけれど／／よろこびもまたきえさりはしなかった」と、天使は私たちを励ましてくれる。

Vは「ひらがな長編詩」である。

谷川さんが、ひとつの方法として自覚的にひらがな詩を書くようになったのは、子どもたちを読者として想定した絵本や詩、マザー・グースの翻訳や『ことばあそびうた』などを始めてからだ。が、ひらがな表記には、音韻の問題だけでなく、漢字漢語のもつ観念性・抽象性を、私たちの心身にひそむ土着の日本語、つまり私たちの心の深いところに根をもった大和言葉にむけていかに開くかという、より大切な問題もひそんでいた。

その代表作が『みみをすます』で、心地よい言葉の響きやリズムによって暗誦《あんしょう》に耐えるひらがな長編詩が誕生した。「ぼく」は一人の男の生まれてから死ぬまでを、五感を駆使して宇宙・自然・時の流れの中で描き、「こもれびのしたで／ぼくのしんぞうは／うちつづけ／ぼくは／いぶかった／どこからきて／どこへゆくのかと」と、〈存在するとは？〉という実存への問いをひそませている。

VIは「幼年・少年少女の独白の詩」である。

『はだか』には、少年少女たちの屈折した心の叫びが、独白（ひとりごと）の形でひらがな詩によって迫真性をもって描かれている。「ひとり」の「わたししたちはみんないじめられてる／めにみえないぶよぶよしたものに／おとなたちがきづかずにつくっているものに」には、自分の存在を確認できない不安感が悲鳴に近い肉声で語られており、子どもたち（大人も含めて）が現代社会で生きていくことの困難さを実感させる。『はだか』の詩のほとんどは、一九八〇年代に雑誌『飛ぶ教室』（光村図書）に連載された。子どもをめぐる社会的な事件がたくさん起き始めていた時代である。

五十代であった谷川さんは、一九八四年に母多喜子さんが死去しており、自分の内部に子どものころと同じ不安や恐れのあることに気づく。木の年輪みたいに成長する心の芯《しん》にいる幼年期の自分に言葉を与えたい、自分の不安や恐れに言葉を与えたいという思いから、これらの詩は生まれてきた。それは、自分の外部にいる子どもに、大人の立場から何かを伝えようというものではなく、いまを生きている子どもを媒介にして自分自身の中の「子ども」をつかみだしたいという発想であった。句読点のないひらがな表記は、子どものもやもやした気持ちを表すのにぴったりで、自分の身体や暮らしから出てくる言葉でもあり、子どもの五感が捉《とら》えた世界の肌ざわりにリアリティーを与えている。

『はだか』は、全篇が子どもの一人称で描かれている点で、谷川さんの創作史の中の一つの転換点になったが、その後『子どもの肖像』『子どもたちの遺言』では、もっと幼い子どもたちの一人称も描かれるようになる。そして幼い人たちのつぶやきは、「しあわせ」であったり「わらう」であったり、「かなしみ」でさえ新しい。どこか喜びと光につつまれていて、「でも誰だろう　何だろう／私に私をくれたのは？／限りない世界に向かって私は呟《つぶや》く／私　ありがとう」と、つぶやくことができるのだ。

谷川さんの言葉は私たちみんなの言葉になる。

（たに・えつこ／児童文学研究者）

エッセイ

音楽になった言葉

小澤征良

空をこえて　ラララ
星のかなた
ゆくぞ　アトム
ジェットのかぎり
心やさしい　ラララ
科学の子
十万馬力だ　鉄腕アトム

谷川俊太郎さんのこの詩を読んで、頭の中で「あの」アトムのテーマソングが流れないひとは果たしてどれくらい居るのだろう？　読みながら、わたしの頭の中へはすぐに、その場で、あの曲が流れてきた。流れてきただけではなく、その日、そのあともずっと一日中頭の中でエンドレスに鳴り続けていた。不思議なことは私が幼少期にとくに「鉄腕アトム」をよく見ていた、というわけでもないことだ。なのに、わたしの中にはその音楽がきちんと、かつ驚くほど正確に貯蔵されていた。大人になってあらためて詩を読んで、このことにわたしは少し驚いた。そして、その瞬間に、「いったいどれほどの数の人々の記憶の中に、この詩は（そして、その音楽は）貯蔵されているのだろうなぁ」という疑問に、ふと想いを寄せたのだ。おそらく莫大《ばくだい》なその答えを想像するにつれ、大きすぎる空を見上げて気が遠くなるような気持ちになった。あまりに多くのひとのこころの中に、きっとこの音楽が蓄えられているのだろう。

　ときどきふとしたときに、考えることがある。それは「動物が持っていなくて、人間が持っているもの」についてだ。まず、最初に浮かぶ答えに「火」がある。そして、「言葉」があり、「音楽」があり、「物語」がある。

　わたしにとって、谷川さんの詩に心酔してしまうのは、それぞれの作品から、いろんな音楽がわたしの中へと流れ込んでくるときだ。目で活字の詩を追ううちに、次から次へと心地よい、ときに愉快で、ときに物哀しく、春の太陽のようなやさしい音楽が聴こえてくる。ちょうど、夕方に一人で波打ち際に座っていると、そっといろんな波の音が聴こえてくるみたいに。こうして、紙の上の文字が音楽と化して、果てしなく遠くうつくしい場所や、いままで見たこともない景色へと自分を連れていってくれる。あるいは遠い子どものころに抱いた懐かしい気持ちのかけらが、ほわっと目の前に現れる。お祭りの綿菓子のほんわりとした甘さが、口の中で立ち上るみたいに。時代や年齢や距離を超えた場所と、その瞬間、強烈にちゃんと繋がることができる。

詩に含まれる言葉の音楽には、たぶん、そんな魔法のちからがあるのだとおもう。

アメリカ西海岸のセコイヤ国立公園には、世界最大級の巨木の森がある。公園は車を走らせても走らせても続くような、十六万三千ヘクタールという広大さだ。ここでの木々の高さは、ビルで言えば二十階建てにも匹敵する。巨木の森に足を踏み入れた途端、自分が虫かこびとになった錯覚に強く捕《とら》われる。ひとけのない森では、鳥のさえずりがまるで録音されたように完璧で、仰ぐ木々のてっぺんは高すぎて霞《かす》んでいる。野生動物たち――優雅な鹿や、体重が二百キロを超すようなブラック・ベア――が、のんびり視界の端をよぎる。いままで見たことのない巨大なツクシのような植物が山肌に生え、どんなに一生懸命耳を澄ませても風と鳥や虫の鳴き声以外、なにも聴こえてこない。明らかに、わたしたち人間がマイノリティーで、侵入者だ。推定樹齢二千年から二千七百年と言われる木々の麓《ふもと》で、わたしはその大きさにどんどん飲み込まれてしまう。自分の存在が存在がゆっくりと溶けて行くような、なんともいえない心地よさ。遠い歳月を生きてきた木々の前で、自分の人生はぜんぶ合わせたって、ほんの瞬《またた》きだ。その自分がそこに居ることはあり得ない奇跡みたいで、わたしはしずかにそっと何かに感謝する。自分の小ささを身体全部で受け止めると、宙に浮いたように感じた。宇宙の中にこの地球があり、地球のなかにこの森があり、そのなかに小さな、小さな自分がいて、そのすべてがひとつのものとして繋《つな》がっている感覚が、強烈にわたしを貫く。

わたしの中で、この時の気持ちは谷川さんの「にじ」の詩とぴったり重なっている。

「わたしはめをつむる／なのに　あめのおとがする／わたしは　みみをふさぐ／なのにばらがにおう……わたしが　いなくなっても／もうひとりのこが　あそんでる／わたしが　いなくなっても／きっと　そらににじがたつ」

この詩を読んでいるときに、わたしの中で聴こえていたのは、あの巨木の森の音だ。人間の作った音が混じらない、透明な音楽。なにもかもが細かい粒子となって、ぜんぶがひとつとして繋がるような。だから初めて読んだときから、わたしにとって、この詩はセコイヤの森の壮大な景色と重なっている。たぶん、これからも、いつでも、どこでも、この詩に触れるたびに、わたしの中にはあの森の音楽が聴こえてくるのだろう。

言葉が、記号（文字）の羅列ではなくてそのひとにとっての音楽となったとき、それはその魂の栄養になったことなのだとおもう。魂の栄養になるということは、その人の確実な一部になったということだ。子どものころにテレビアニメ放送を毎回見ていたわけでもないのに、わたしの中で活字の「鉄腕アトム」の詩があの音楽となってくっきり流れてくるということは、この詩がたしかに子どものころのわたし（それはつまり、そのまま今のわたし）を創る一部であってくれた、ということだろう。

音楽となった言葉はおいしい。滋養があって、そのひとを底から豊かにしてくれる。もしそんな詩をいくつも持てたのなら、それはとても幸せな人生だ。そんなことを考えながら、わたしのなかではもちろん、まだアトムのテーマソングが流れ続けている。

（おざわ・せいら／作家）

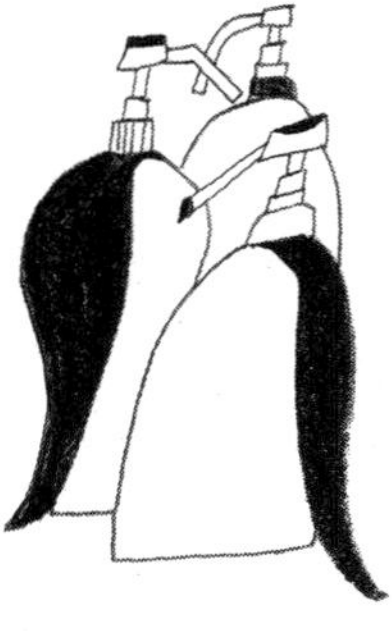

出典一覧（目次順）

Ⅰ『十八歳』一九九三年　東京書籍
（一九九七年、集英社より文庫化）
『日本語のおけいこ』一九六五年　理論社
『誰もしらない』一九七六年　国土社
（二〇〇二年、同社より新装版刊行）
『どきん』一九八三年　理論社
（一九八六年、同社フォア文庫版も刊行）

Ⅱ『ことばあそびうた』一九七三年　福音館書店
『ことばあそびうた　また』一九八一年　福音館書店
『わらべうた』一九八一年　集英社
『わらべうた　続』一九八二年　集英社

Ⅲ アニメ「鉄腕アトム」テーマ曲　一九六三年、
コロムビア
『谷川俊太郎　歌の本』二〇〇六年　講談社
『ひとりひとりすっくと立って』二〇〇八年　澪標

Ⅳ『よしなしうた』一九八五年　青土社
（一九九一年、同社より新装版刊行）
『いちねんせい』一九八八年　小学館
『みんな　やわらかい』一九九九年、大日本図書
『すき』二〇〇六年　理論社
『クレーの絵本』一九九五年　講談社
『クレーの天使』二〇〇〇年　講談社

Ⅴ『みみをすます』一九八二年　福音館書店

Ⅵ『はだか』一九八八年　筑摩書房
『ふじさんとおひさま』一九九四年　童話屋
『子どもの肖像』一九九三年　紀伊國屋書店
『子どもたちの遺言』二〇〇九年　佼成出版社

Haruki Bunko
ハルキ文庫

た 4-2

みんなの谷川俊太郎詩集《たにかわしゅんたろうししゅう》

著者
谷川俊太郎《たにかわしゅんたろう》

2010年7月18日第一刷発行
2025年1月18日第五刷発行

発行者
角川春樹

発行所
株式会社角川春樹事務所
〒102-0074 東京都千代田区九段南2-1-30 イタリア文化会館

電話
03(3263)5247(編集)
03(3263)5881(営業)

印刷・製本
中央精版印刷株式会社

フォーマット・デザイン 芦澤泰偉
表紙イラストレーション 門坂 流

ISBN978-4-7584-3492-8 C0195 ©2010 Shuntaro Tanikawa Office, Inc. Printed in Japan
http://www.kadokawaharuki.co.jp/[営業]
fanmail@kadokawaharuki.co.jp[編集] ご意見・ご感想をお寄せください。

JASRAC 出 1008016-505

谷川俊太郎詩集

人はどこから来て、どこに行くのか。この世界に生きることの不思議を、古びることのない比類なき言葉と、曇りなき眼差しで捉え、生と死、男と女、愛と憎しみ、幼児から老年までの心の位相を、読む者一人一人の胸深くに届かせる。初めて発表した詩、時代の詩、言葉遊びの詩、近作の未刊詩篇など、五十冊余の詩集からその精華を選んだ、五十年にわたる詩人・谷川俊太郎のエッセンス。